El chico en la oscuridad

MERVYN PEAKE

EL CHICO EN LA OSCURIDAD

GORMENGHAST
LIBRO 4

Traducción de
Ana Quijada

ÁTICO DE LOS LIBROS

Barcelona - Madrid

Primera edición: abril de 2025
Título original: *Boy in Darkness and Other Stories*

Diseño de cubierta: Diego Estebo
Corrección: Raquel Bahamonde, Alejandra Montero

Publicado por Ático de los Libros
C/ Roger de Flor, n.º 49, escalera B, entresuelo, oficina 10
08013, Barcelona
info@aticodeloslibros.com
www.aticodeloslibros.com

ISBN: 978-84-19703-88-0
THEMA: FBA
Depósito Legal: B 6567-2025
Preimpresión: Taller de los Libros
Impresión y encuadernación: Liberdúplex
Impreso en España — *Printed in Spain*

ÍNDICE

PRÓLOGO

Joanne Harris

La mayoría de los lectores conocerá a Mervyn Peake ante todo como el autor de los aclamados libros de Titus: *Titus Groan, Gormenghast* y *Titus solo.* Otros quizá conozcan su trabajo como ilustrador, increíblemente prolífico, que abarca desde dibujos a carboncillo de extraordinaria energía y óleos que recuerdan al primer Picasso hasta delicadas ilustraciones a pluma similares a la obra de Beardsley. Algunos quizá hayan leído su poesía de guerra o su surrealista poesía humorística, similar en muchos aspectos al trabajo de Edward Lear o Lewis Carroll. De hecho, el lector puede sentirse intimidado por la amplitud de la creatividad de Peake, que se inspira en una paleta tan diversa que desafía cualquier clasificación, ya que cada pieza del rompecabezas de Peake señala una faceta nueva y diferente de la imaginación casi ilimitada del hombre.

Estos seis cuentos, que se publican juntos por primera vez, pueden disfrutarse de múltiples maneras: como cuentos extraordinarios por derecho propio o como una serie de ejercicios de diferentes estilos, pero, sobre todo, como una fascinante mirada al funcionamiento de la mente del escritor, una serie de instantáneas tomadas en el curso de la vida extraordinaria de un hombre.

«El extraño viaje» es una exploración lúdica de lo que Baudelaire llama las «correspondencias», las conexiones secretas y cuasi místicas entre los sentidos. En este cuento, Peake juega con el lenguaje del color y la forma para crear un paisaje daliniano por el que el narrador viaja, catalogando hasta el más mínimo detalle de las imágenes de pesadilla que surgen durante el camino.

«Los entendidos», con sus diálogos chispeantes y su visión satírica de la escena artística, se parece sorprendentemente a un retazo de alguna de las piezas teatrales de Oscar Wilde. «Danza macabra» toma una imagen habitual del cuento gótico tradicional y le da un giro nuevo y siniestro, mientras que «A la misma hora, en el mismo lugar» fue inspirado, aunque inadvertidamente, por una dama que compartió mesa con los Peake en Lyons Corner House, y muestra la facilidad del autor para incorporar aspectos de la vida mundana en su fantasía, dándoles un aspecto nuevo y estrambótico.

Jocoso y autocrítico, «Compré una palmera» cuenta un incidente de la vida de la familia Peake durante su estancia en Sark y proporciona un agradable vistazo del lado alegre y extravagante de la personalidad del autor.

Pero es «El chico en la oscuridad», el cuento más complejo y, quizá, el más conocido de Peake, el que destaca como obra maestra en esta colección. Como buena parte de su ficción, transcurre en una especie de crepúsculo a medio camino entre la realidad y el sueño. Un muchacho rebelde (quien, aunque no tiene nombre, guarda muchas semejanzas con el joven Titus Groan), harto de los odiados confines de su hogar ancestral y de las opresivas capas de ritual que lo inmovilizan, escapa a las tierras yermas circundantes, donde cae en las manos bestiales del vil y abusón Hiena y del servil e inquietante Cabra, una vez hombres que, hace mucho tiempo, fueron transformados en parodias animales de sí mismos por su temible señor ciego, el Cordero.

Este cuento kafkiano se ha interpretado como una fábula freudiana sobre la sexualidad emergente, un cuento sobre la entrada en el mundo adulto, una crítica de las religiones organizadas y una sátira del nazismo, pero al final, como el resto de la obra de Peake, escapa a cualquier categorización fácil. Espeluznante, perturbador y siniestro, comparte con los libros de Titus (con los que, sin duda, está relacionado) una riqueza y sensualidad peculiares, una percepción vívida de los pequeños detalles de sonido, color, aroma y forma que confieren a la obra del autor su tremendo impacto emocional, así como su atractivo imperecedero.

Visualmente, podría definirse como un espectáculo de títeres macabro y oscuro: los grotescos personajes medio animales, los diálogos afectados y la naturaleza teatral del decorado parecerían colocar este cuento en los dominios de la fantasía lejana. Y sin embargo, la lucha cuasi existencial del chico contra el terrible magnetismo del Cordero y su inoportuno don de la metamorfosis mantienen una peculiar relevancia en un mundo en creciente desacuerdo consigo mismo, y la vehemente representación de la rebelión del chico, inarticulada e instintiva (contra la autoridad, contra la tradición, incluso contra sus propias raíces), es tan convincente ahora como lo era hace sesenta años.

Porque, aunque la riqueza del lenguaje de Peake y la amplitud de su imaginación nunca dejan de impresionar, es el registro emocional del escritor el que lo coloca entre los grandes narradores del siglo XX. Estos cuentos reflejan ese temperamento: seis vistas muy diferentes del mundo entre los innumerables paisajes mentales trazados por el más proteico de los visionarios.

PREFACIO

Sebastian Peake

La Navidad era la época del año en que mi padre invitaba a la familia a reunirse alrededor de la chimenea de la sala de estar para escuchar su última historia de terror. A la luz trémula de los troncos que crepitaban en el hogar, esperábamos ansiosos a que empezara.

Las sombras que proyectaban las llamas cobraban vida y formas propias y alimentaban nuestra expectación, mientras que las historias en sí siempre lograban ponernos los pelos de punta. Antes de empezar la historia, a veces nos preguntaba cómo describiríamos las siluetas que el fuego proyectaba en el techo o en las paredes. ¿Un árbol, quizá?, ¿un pico montañoso?, ¿una espada?, ¿el sombrero de una bruja?, aventurábamos. Él también hacía un par de sugerencias sobre lo que se le ocurría y nos impresionaba con sus acertadas observaciones.

Y entonces empezaba el cuento. Su voz suave y meliflua nos inspiraba una falsa sensación de seguridad, pero la narrativa no tardaba en convertirse en un cuento tan terrorífico como el de la vez anterior. Nos atraía a los abismos de su imaginación ilimitada mientras esperábamos el desenlace con una mezcla de fascinación y miedo.

A medida que se desarrollaba la trama, mi padre dejaba pistas falsas que nos daban la impresión de que, por una vez, quizá adivináramos el desenlace, pero mientras escuchábamos, absortos y rígidos de entusiasmo, nos dábamos cuenta de que, una vez más, nos habíamos equivocado. Él había obrado su magia habitual y, poco a poco, cada vez más ingeniosamente, nos había ido atrayendo hacia su creación, hasta que llegaba un punto en el que la tensión en la sala era tal que solo el desenlace podía relajarla. Una vez que la historia había alcanzado su clímax dramático y espeluznante, se encendían las luces de nuevo…

La presente selección de cuentos, nunca antes reunidos en un volumen, invita al lector a experimentar algunas de las sensaciones que mi padre evocaba con su escritura y, a medida que la composición pictórica de sus palabras se despliega en la página, la ilusión que experimentamos de niños, además de la satisfacción provocada por un cuento bien narrado, quizá se experimente de nuevo. Acompañan a los cuentos una variada selección de sus pinturas e ilustraciones, creados, igual que los relatos que tan hábilmente escribió, por el placer de hacerlo.

Se ha incluido aquí uno de mis favoritos, «Compré una palmera», un relato que evoca en mí el recuerdo vívido no solo del deseo de mi padre de plantar ese árbol en el jardín de nuestro hogar en Sark, en las islas del Canal, sino también de lo que yace enterrado entre sus raíces.

Con el permiso de un profesor del internado donde yo estudiaba en Guernsey, unos cuantos chicos afortunados exploramos un vertedero de armas alemán ingeniosamente oculto tras un peñasco con bisagras en la pared rocosa de un acantilado de la isla y nos hicimos con algunas de las armas que había allí. Mi preciado botín incluía una daga ceremonial, una pistola Luger, un casco y una espada con la esvástica labrada. Tras enterarse del incidente, unas semanas más tarde la policía de la isla contactó con la escuela y solicitó la devolución de todo lo que se había sustraído de la cueva. Pero para entonces yo ya había escondido mi alijo, ¡donde sigue hasta el día de hoy!

PRÓLOGO A «EL CHICO EN LA OSCURIDAD»

MAEVE GILMORE

En 1956, mi esposo, Mervyn Peake, recibió el encargo de escribir un cuento largo para un proyecto de libro con el título de *Sometime, Never.* Incluía también contribuciones de otros dos autores: William Goldwing, con un cuento sobre el pasado titulado «Envoy Extraordinary», y John Wyndham, con «Consider Her Ways», que trataba sobre el futuro. La contribución de Mervyn fue «El chico en la oscuridad» y tenía un subtítulo: «El sueño».

Aparte de estipular la extensión aproximada de los cuentos, por el motivo obvio de que el libro terminado formara un todo equilibrado, los editores dieron carta blanca a los autores para crear o escribir lo que quisieran. Así, había todo un mundo del que elegir, y el mundo de la imaginación, templado por la observación del mundo que conocemos y nos rodea, dio a luz a «El chico en la oscuridad».

En cierto momento, mi esposo había tenido la idea de escribir cuentos sobre episodios de la vida de Titus, héroe de sus tres novelas, que no se desarrollan en sus libros *Titus Groan, Gormenghast* y *Titus solo,* porque ningún libro, por largo que sea, puede dar cuenta de cada incidente de la vida de su personaje. Hay muchos sucesos, aventuras y encuentros con personas que suceden fuera del libro, igual que nosotros, por cerca que estemos de nuestros familiares o amigos, solo podemos conocer una pequeña parte de lo que conforma la vida de los demás.

Así que, al pensar en el cuento que estaba a punto de escribir, puso su idea en práctica, y aunque el chico de «El chico en la oscuridad» es, sin duda, Titus Groan, nunca lo llama por su nombre.

El chico acaba de celebrar su decimocuarto cumpleaños. En la novela *Gormenghast,* Titus alcanza la adolescencia, lo que coincide temporalmente con lo que sucede en el cuento. Titus siente la necesidad imperiosa de librarse de los grilletes de su vida circunscrita en el castillo, donde es prisionero de un ritual «cuyo significado se había olvidado hacía mucho tiempo», y, al igual que cualquier joven, busca aventuras...

> [...] estar solo en una tierra en la que no se reconoce nada... Eso era lo que temía y también lo que ansiaba. Porque ¿qué es la exploración sin peligro?
>
> ¡Ahí volvía otra vez la rebelión! La emoción y las posibilidades de escapar. Pero ¿de escapar adónde? ¿Y cuándo? ¿Cuándo sería?
>
> —¿Cuándo va a ser? ¡Ahora! ¡Ahora! ¡Ahora! —soltó la voz—. Levántate y márchate. ¿A qué esperas?

Y así, sin mirar atrás y sin más planificación, abandona su vasto hogar en busca de aventuras, solo.

Para poder seguir al chico en su aventura hay que leer el cuento no solo con la mente, sino también con los ojos y los oídos, compartir el paisaje y los sonidos con él, casi como si lo siguiéramos con una cámara. Porque está descrito vívidamente y, aunque sin duda es posible que el lector no haya visto, oído o experimentado tales sucesos, en algunos casos estos son extensiones de nuestras propias vivencias.

Los perros que se describen al principio de la historia surgen de un espeluznante paseo que mi esposo y yo dimos por la Auvernia, en Francia. La noche era oscura y opresiva, y recorríamos un camino solitario cuando vimos un portón de hierro forjado, alto e imponente, que cerraba el camino a un castillo bastante lúgubre. Un muro de piedra aún más alto bordeaba la carretera y parecía extenderse kilómetros y más kilómetros. Mientras nos acercábamos al portón, advertimos la presencia de un gran número de formas que empujaban y trataban de saltarlo y el sonido de jadeos furiosos y gañidos de frustración. Aquellas criaturas nos siguieron desde su lado del muro mientras nosotros continuábamos nuestro camino en la oscuridad, manteniendo su malévola persecución. El sonido y la sensación de miedo que nos generaron sobrevivieron muchos años, hasta que se transformaron en los perros reunidos en una medialuna que urgían al chico a dirigirse hacia el este, hacia la ribera del gran río.

La aventura en la que el chico se ha embarcado lo lleva a un mundo aterrador, y tiene miedo y está lleno de «un dolor incorpóreo, un padecimiento tan penetrante, tan terrible, que, de habérsele dado la oportunidad de morir, la habría aceptado. Ninguna sensación normal podría abrirse paso por la náusea abrumadora del alma que lo llenaba». Pero es ingenioso y se sabe más listo que las dos grotescas criaturas que lo han capturado. Descubre que viven atemorizados por el Cordero, con su insaciable deseo de poder, un poder que no solo ha ejercido sobre ellos, sino sobre incontables criaturas desconocidas durante siglos en las minas subterráneas. Sabe que necesitará algo más que ingenio para combatir al Cordero ciego, pero, mediante adulación y coerción, intenta atraer hacia su bando a Hiena y Cabra para destruir al malévolo Cordero.

La historia termina con la actuación valerosa del muchacho, que escapa y vuelve a las riberas del río, donde lo aguardan los perros.

¿Es un sueño? ¿Una pesadilla? ¿Es cierto? ¿Qué significa?

Fue escrita como un cuento, para ser leída como un cuento, pero se le han dado numerosas interpretaciones. Algunos la leen como una historia independiente y disfrutan, o no, del desarrollo de la terrorífica aventura. Otros han visto en ella un significado religioso o la desolación de nuestro mundo destruido, y algunos incluso la consideran un descenso a la oscuridad del alma humana, donde se esconden sus miedos más profundos. Cada lector elegirá lo que significa para él.

Sometime, Never se publicó en Estados Unidos en 1957 y recibió el premio Infinity. «El chico en la oscuridad» se publicó de nuevo en 1969, en un libro titulado *The Inner Landscape*. En 1971 fue adaptado como pieza teatral corta por Paul Alexander y representado en sesión matinal en el King's Head de Islington. En 1974 se tradujo al francés.

1976

EL CHICO EN LA OSCURIDAD

Las ceremonias habían terminado por ese día. El chico estaba exhausto. Como una cuadriga insensata, el ritual había hecho girar sus ruedas y había dejado la vida natural del día maltrecha y aplastada.

Señor de un dominio almenado, no le quedaba otra que estar a la entera disposición de aquellos funcionarios cuyo deber era guiarlo y aconsejarlo, llevarlo de acá para allá por los laberintos de su hogar sombrío; sumirlo, día tras día, en la celebración de ceremonias antiquísimas cuyo significado se había olvidado hacía mucho tiempo.

El maestro del ritual le había ofrecido los regalos de cumpleaños tradicionales en la bandeja de oro tradicional. Había pasado horas sentado junto a la orilla del lago infestado de mosquitos, mientras largas hileras de sirvientes desfilaban ante él con el agua hasta las rodillas. El acontecimiento habría puesto a prueba la paciencia de cualquier adulto ecuánime, y para un chiquillo era un infierno.

Aquel día, el cumpleaños del chico, era el segundo de los dos días más penosos del año. Durante la jornada anterior había tenido que participar en una larga marcha por las empinadas laderas de una colina hasta una plantación, en la que había tenido que plantar el decimocuarto de un grupo de fresnos porque al día siguiente cumpliría catorce años. No era una mera formalidad; nadie lo había ayudado mientras trabajaba, ataviado con una larga capa gris y un sombrero bastante parecido a un capirote. En el camino de vuelta ladera abajo, había tropezado y, al caer, se había lastimado la rodilla y se había hecho un corte en la mano, de manera que, para cuando al fin estuvo a solas en el cuartito que daba al patio cuadrado de piedra roja, se encontraba en un estado de ánimo de resentimiento exacerbado.

Pero en ese momento, en el atardecer de su segundo día, su cumpleaños, un día con tantas ceremonias estúpidas que la cabeza estaba a punto de estallarle de imágenes incongruentes y el cuerpo, de fatiga, se tendió en la cama con los ojos cerrados.

Llevaba un rato descansando cuando le pareció oír el revoloteo de una polilla contra la ventana. Abrió un ojo, pero no vio nada. Se disponía a cerrar los párpados de nuevo cuando se fijó en la familiar mancha de moho de color ocre que se extendía por el techo como una isla.

Había mirado esa isla de moho muchas veces, con sus ensenadas y bahías, con sus calas y el curioso istmo alargado que unía la masa meridional con la masa septentrional. Conocía de memoria la península que iba estrechándose hasta terminar en una cadena de islotes semejante a una sarta de cuentas descoloridas. Conocía los lagos y los ríos, y a menudo había anclado barcos en puertos peligrosos o los había lanzado a un mar tumultuoso para que se mecieran en su imaginación y pusieran rumbo hacia nuevas tierras.

Pero ese día estaba demasiado irritable para fantasear y solo se fijó en una mosca que cruzaba lentamente la isla.

—Una exploradora, supongo —murmuró el chico para sí.

Y, mientras murmuraba, se le presentaron ante los ojos la odiosa silueta de la montaña y los catorce estúpidos fresnos y los malditos regalos que le habían traído en la bandeja de oro y que serían devueltos a las bóvedas doce horas después, y vio mil rostros conocidos, cada uno de los cuales le recordaba algún deber ritual, y golpeó la cama con los puños gritando «¡No! ¡No! ¡No!», y sollozó mientras la mosca de la isla de moho cruzaba de este a oeste y seguía la línea de costa, como si no deseara aventurarse por el mar del techo.

Solo una pequeña parte de su mente estaba ocupada en la contemplación de la mosca, pero esa fracción diminuta se identificaba con el insecto, de manera que el muchacho tomó difusa conciencia de la «exploración» como algo más que una palabra o el sonido de una palabra, como algo solitario y rebelde. Y de pronto se produjo la primera chispa de revolución imperativa, no contra alguien en particular, sino contra la eterna ronda de simbolismo mortalmente aburrido.

Ansiaba (por fin lo sabía) transformar su ira en acción, escapar de los barrotes de lo precedente; apostar, si no por la libertad absoluta, al menos por un día de libertad. Un día. Un fantástico día de insurrección.

¡Insurrección! Eso era, simple y llanamente. ¿De verdad contemplaba un paso tan radical? ¿Acaso había olvidado las promesas que había hecho de niño y mil veces después, los juramentos solemnes que lo ligaban a su hogar con las cuerdas de la lealtad?

—Solo un ratito —dijo el susurro que alentaba entre sus omóplatos, como urgiéndolo a volar, ese susurro que crecía en volumen e intensidad—. Al fin y al cabo, solo eres un chiquillo. ¿Qué diversión tienes?

El chico se incorporó en la cama y gritó a pleno pulmón:

—¡Oh, maldito castillo! ¡Malditas leyes! ¡Maldito todo!

Se sentó muy tieso en el borde de la cama. El corazón le latía con fuerza. Por la ventana entraba una suave luz dorada que llenaba la habitación de una especie de bruma y, a través de esa bruma, podía verse la doble hilera de pendones que ondeaban sobre los tejados en su honor.

Respiró hondo y paseó la mirada lentamente por la habitación, y fue entonces cuando quedó cautivado por un rostro cercano. Lo miraba con vehemencia. Era un rostro joven, a pesar de que tenía la frente fruncida en una profunda arruga. Lucía en torno al cuello un puñado de plumas de pavo atadas con un cordón.

Por esas plumas supo que se estaba viendo a sí mismo, y le dio la espalda al espejo mientras se arrancaba el absurdo trofeo que le colgaba del cuello. Debía llevar las plumas toda la noche y devolvérselas a la mañana siguiente al maestro hereditario de los cálamos; pero en vez de eso saltó de la cama, se arrancó la reliquia podrida y la pisoteó.

¡Ahí volvía otra vez la rebelión! La emoción y las posibilidades de escapar. Pero ¿de escapar adónde? ¿Y cuándo? ¿Cuándo sería?

—¿Cuándo va a ser? ¡Ahora! ¡Ahora! ¡Ahora! —soltó la voz—. Levántate y márchate. ¿A qué esperas?

Pero el chico que tan deseoso estaba de marcharse tenía otra faceta, una más gélida, y aunque su cuerpo temblaba y lloraba, su mente no se dejaba arrastrar por infantilismos. Decidir si apostar por la libertad al instante y a plena luz del día o durante las largas horas de oscuridad no era fácil. Al principio, la decisión obvia parecía ser esperar a la puesta del sol y, con la noche por aliada, abrirse camino por la fortaleza mientras el corazón del castillo dormía profundamente, arropado por la hiedra como por un velo amargo. Avanzar con cautela por los laberínticos corredores que tan bien conocía y salir a los espacios ventosos iluminados por las estrellas y seguir adelante…, más allá.

Pero, a pesar de las ventajas evidentes e inmediatas de escapar por la noche, corría el terrible peligro de perderse irrevocablemente o de caer en manos de fuerzas malévolas.

A sus catorce años había tenido muchas oportunidades de poner a prueba su valentía en aquel castillo tortuoso, y en múltiples ocasiones había sentido terror, y no solo a causa de los silencios y la oscuridad de la noche, sino también por la sensación de que lo observaban, casi como si el propio castillo o el espíritu del vetusto lugar se moviera con él, se detuviera cuando él se detenía, siempre echándole el aliento en el cogote y tomando nota de sus movimientos.

Al recordar esas ocasiones en las que se había perdido, no pudo menos que pensar en lo infinitamente más aterrador que sería para él estar solo en la oscuridad en una región ajena a su vida, un lugar alejado del núcleo del castillo en el que, si bien detestaba a muchos de sus habitantes, al menos estaba entre los suyos. Porque es posible ansiar cosas detestables y detestar aquello que, de una extraña manera, amamos. Por eso el niño corre hacia lo que reconoce por el mero hecho de reconocerlo. Pero estar solo en una tierra en la que no se reconoce nada… Eso era lo que temía y también lo que ansiaba. Porque ¿qué es la exploración sin peligro?

Pero no, no emprendería la huida en la oscuridad. Eso sería una locura. Partiría poco antes del alba, con buena parte del castillo dormido, y correría en la penumbra y competiría con el sol, él en la tierra y el sol en el cielo, los dos solos.

Sin embargo, ¿cómo soportar el lento transcurrir de la noche fría, la noche interminable que le esperaba? Imposible dormir, aunque era necesario. Se deslizó del lecho y fue rápidamente hasta la ventana. El sol no estaba muy alto sobre el mellado horizonte y todas las cosas nadaban en una palidez translúcida. Aunque no por mucho tiempo. Aquel paisaje apacible adquirió de pronto otro aspecto. Las torres etéreas que un momento antes flotaban en el aire dorado se habían convertido, al desaparecer los últimos rayos del sol, en negros dientes cariados.

Un estremecimiento recorrió la tierra en sombras y la primera ave nocturna pasó volando en silencio ante la ventana. Abajo alguien hablaba a voz en grito. Estaba demasiado lejos para descifrar las palabras, pero no lo suficiente para ocultar que estaban teñidas de ira. Otra voz se unió a la discusión. El joven se asomó por la ventana y miró abajo en vertical. Los antagonistas eran del tamaño de las semillas de girasol. Se oyó el tañido de una campana, y luego de otra, y por fin alzaron la voz una multitud de ellas. Campanas estridentes y campanas suaves; campanas de muchos metales y muchas edades; campanas temerosas y campanas airadas; campanas alegres y campanas lastimeras; campanas graves y campanas agudas…, sordas y resonantes, exultantes y tristes. Por unos momentos llenaron el aire al unísono, un murmullo, un clamor de lenguas que tendía sus ecos sobre el gran cascarón del castillo como un manto de metal. El tumulto empezó a decrecer poco a poco, y las voces de las múltiples campanas fueron desvaneciéndose una a una hasta que solo quedó un silencio incómodo, hasta que, a lo lejos, una voz sorda y bronca rodó sobre los tejados y el muchacho junto a la ventana oyó que la última nota grave se extinguía y se hacía el silencio.

Durante un momento, el familiar esplendor de la escena lo conmovió. Nunca se cansaba de las campanas. Cuando estaba a punto de apartarse de la ventana, el chico oyó un tañido tan urgente que se sintió perplejo, pues no se le ocurría qué podía significar. Luego oyó otro, y otro, y tras el decimocuarto, fue evidente que lo estaban saludando. Durante un instante había olvidado su estatus, solo para que se lo recordaran con un sobresalto. No podía escapar de su herencia. Cualquiera pensaría que mostrarle tal consideración solo podía agradar a un muchacho. Pero en el caso del joven conde no era así. Llevaba toda la vida empantanado en el ritual, y sus momentos más felices eran cuando estaba solo.

Solo. ¿Solo? Eso significaba lejos. Lejos, pero ¿dónde? Eso escapaba a su capacidad de imaginar.

Más allá de la ventana, la noche estaba cargada de su propia oscuridad, solo interrumpida por los puntos de luz que parpadeaban sobre el lomo de la misma montaña empinada a la que había subido y en cuyo flanco había plantado el decimocuarto fresno. Esas chispas o rescoldos distantes no brillaban solo en la montaña, sino también en el perímetro de un amplio círculo y, obedeciendo a la señal que mandaban esas hogueras, las muchedumbres se habían empezado a formar en una veintena de patios.

Porque esa era la noche de la gran barbacoa y, dentro de poco, largas filas de sirvientes irían hacia una u otra sección del círculo. Hombres a caballo, hombres a pie, mulas, carruajes y toda clase de vehículos partirían y el castillo quedaría vacío. Y, anticipando la diversión, una hueste de pilluelos se peleaban y gritaban como una bandada de estorninos.

Fueron esos gritos, que en ese momento dominaban el aire del anochecer, los que dieron al traste con cualquier plan que el chico hubiera trazado y cualquier sensatez que poseyera. Era el griterío agudo del entusiasmo infantil, y de pie junto a la ventana, de pronto y sin que mediase pensamiento consciente alguno, supo con total y absoluta seguridad que debía escapar entonces, en medio de toda aquella confusión. En ese momento, mientras el ritual sonaba en las campanas y en las hogueras; entonces, en el clímax de la decisión.

Era ágil, y necesitaba serlo, porque el rumbo que se había marcado era peligroso. No se trataba simplemente de bajar largos tramos de escalera. Era algo más rápido y más secreto a la vez.

Durante muchos años, movido por la mera curiosidad, había fisgoneado en las salas polvorientas de su, en apariencia, interminable hogar y había descubierto una docena de maneras de llegar al suelo sin tocar la escalera principal y sin ser visto. Si había un momento de utilizar esos conocimientos, sin duda era aquel, y al llegar al final del pasillo de doce varas por el que corría, no giró a la derecha para tomar la desviación hacia el norte ni a la izquierda para bajar la escalera meridional que describía curvas y curvas de madera plagada de carcoma en forma de guadaña, para terminar en los niveles inferiores, sino que saltó hacia un ventanuco sin cristal que quedaba justo encima de su cabeza, agarró un corto cabo de cuerda que sobresalía del cuadrado y se aupó hacia arriba a través de la ventana.

Ante él se extendía un largo desván de vigas tan bajas que hacían imposible avanzar inclinado y mucho menos erguido. El único método era tenderse en el suelo y arrastrarse sobre codos y rodillas. Esto podía ser muy trabajoso, porque el desván era enorme, pero el chico había reducido el proceso a una ciencia tan rítmica que verlo era como mirar un juguete de cuerda.

En la otra punta del desván había una trampilla que, una vez abierta, revelaba una larga caída hasta una manta tendida como una gran hamaca azul. Las esquinas de la manta estaban amarradas a las vigas bajas y la barriga colgaba sin tocar el suelo.

En cuestión de segundos había salido por la trampilla, rebotado en la manta y saltado al suelo como un acróbata. La sala en la que se hallaba debía de haber estado bien cuidada en otro tiempo. Quedaban vestigios de una elegancia decadente, pero la habitación cuadrada de altos techos exhalaba un aire de abandono y desolación.

De no haber estado la ventana de aquella estancia abierta de par en par a la noche, el chico no habría podido verse la mano delante de la cara; pero la ventana formaba un rectángulo gris oscuro que parecía tallado en la densa oscuridad circundante.

Se acercó raudo a la ventana, pasó con cuidado sobre el alféizar y empezó a descolgarse rápidamente a lo largo de más de cuarenta varas de áspera cuerda gris.

Tras lo que pareció una eternidad, alcanzó otro ventanuco que se abría en la inmensidad del muro, se coló por la abertura en desuso y dejó la larga cuerda oscilando a su antojo.

Se hallaba en una especie de rellano y, un momento después, bajó atropelladamente un tramo de escalera tras otro hasta que llegó a un salón ruinoso.

Un sordo ajetreo sugirió que cierto número de criaturas pequeñas se habían visto sorprendidas por la llegada del muchacho y corrían a guarecerse en sus madrigueras.

El suelo de lo que en otro tiempo fue el vestíbulo no era un suelo en el sentido habitual de la palabra, porque hacía mucho que el entarimado se había podrido. En su lugar, la hierba crecía lozana y una hueste de toperas llenaba el lugar como si fuera un antiguo cementerio.

Sin saber por qué, el chico se quedó quieto un instante y escuchó. No era la clase de lugar por el que se pasaba corriendo, porque había cierta grandeza en la decadencia y la quietud que sosegaba el paso.

Cuando se detuvo no se oía nada, pero entonces, como venidas de otro mundo, oyó las voces lejanas de los niños, tan débiles al principio que pensó que era el sonido de un escarabajo frotándose las patas.

Se volvió hacia la izquierda, donde otrora había estado la puerta, y al final de un largo pasillo vio el pequeño cuadrado de luz, no mayor que una uña. Enfiló el corredor, pero actuaba de un modo distinto. La impaciencia ya no formaba parte de su huida. Se movía con cautela.

Porque había una luz al final del corredor, un resplandor rojizo apagado que sugería el crepúsculo. ¿Qué podía ser? Hacía mucho que el sol se había puesto.

Entonces volvieron a oírse a lo lejos las voces chillonas, esta vez a mayor volumen, aunque no podía distinguirse palabra alguna, y de pronto comprendió lo que sucedía.

La chiquillería del castillo andaba suelta, con teas encendidas. Aquella era su noche más esperada. A medida que el chico avanzaba, el volumen de las voces aumentaba, hasta que al fin los vio desde la puerta. El ejército de niños desbocados cubría el suelo, así que pudo unirse disimuladamente a sus agitadas filas sin dificultad. Las antorchas llameaban en la noche poblada de voces, y su luz les brillaba en la frente y les relumbraba en los ojos. Y el chico avanzó con ellos hasta que, al darse cuenta de que se dirigían hacia la montaña de la antorcha tradicional, fue quedándose rezagado y, cuando se le presentó la oportunidad adecuada, se separó de ellos en un punto donde los árboles crecían apretadamente entre elevados montones de mampostería caída y volvió a estar solo.

A esas alturas se encontraba ya a varias leguas del castillo en sí, en un territorio menos evidente pero aún reconocible debido a la ocasional singularidad de la piedra y el metal: una forma que sobresalía en un muro, dientes o saledizos que despertaban ecos en su memoria.

El chico siguió adelante, atisbando formas a medias recordadas o a medias olvidadas; pero esas formas que se le habían fijado en la memoria por sus peculiaridades (una mancha en el suelo que parecía una mano de tres dedos o el movimiento en espiral de una rama alta) empezaron a espaciarse cada vez más a medida que avanzaba, hasta que llegó el momento en el que durante un buen rato se encontró solo, sin marca ninguna o señal que lo guiaran.

Era como si los batidores de su memoria lo hubieran abandonado, y un torrente de miedo lo barrió como una ola gélida.

Se volvió en la oscuridad en una y otra dirección, alumbrando con su antorcha el camino interminable, pero solo consiguió que las telarañas brillaran como en llamas y deslumbrar a un lagarto que descansaba en un helecho. No había un alma alrededor, y lo único que se oía era el lento goteo del agua y el ocasional susurro de la hiedra.

Entonces recordó el motivo, la razón de encontrarse allí en ese momento: estaba perdido en una fortaleza de inalterabilidad. Recordó el ritual interminable de su hogar ancestral; recordó su rabia y su decisión de desafiar las leyes sagradas de su familia y su reino y pateó el suelo. Porque, a pesar de todo esto, tenía miedo de lo que había hecho y miedo de la noche, y echó a correr, y sus pasos resonaron en el suelo de piedra. Corrió, y así llegó a una ancha franja de tierra desnuda en la que unos pocos árboles alzaban sus ramas al cielo como exasperados, y mientras corría la luna consiguió asomarse por entre las nubes ceñudas y el chico vio un río más adelante.

¡Un río! ¿Qué río podía ser? Era cierto que un río discurría cerca del castillo, pero el que tenía delante no se le parecía en nada: era un curso de agua ancho y perezoso cuyas riberas carecían de árboles, una lenta y monótona lengua de aguas tétricas sobre las que rielaba la luz amarillenta de la luna.

Ante aquella visión se había detenido, y de pronto sintió que la oscuridad se cerraba tras él, así que volvió la cabeza y vio a los perros.

Aquellos canes parecían haberse congregado allí como salidos de la nada. El chico nunca había visto tantos juntos. Sí, estaban los carroñeros que de cuando en cuando se aventuraban por los corredores del castillo, pegados a las paredes, enseñando los dientes (la sombra, un gañido y un alboroto en la oscuridad), y luego otra vez silencio. Pero esto era muy distinto, pues estos perros se comportaban como si fueran parte del día y de la noche, arrogantes, seguros de sí mismos, con las cabezas enflaquecidas bien altas; perros salidos de quién sabía dónde. Quizá vivían en salones abandonados y dormían todos juntos formando una única mancha de oscuridad o, durante el mediodía deslumbrante, tapizaban los suelos de piedra de algún claustro en ruinas como hojas otoñales.

Se reunieron formando una medialuna y, sin tocarlo, parecieron urgirlo a que se dirigiera hacia el este, hacia la orilla del gran río.

El aliento salía de sus pulmones grave y fiero, pero no parecía llevar implícita una amenaza inmediata. El chico no sufrió ni un rasguño de aquella jauría de perros de afilados colmillos, que, sin embargo, lo impelieron a avanzar pulgada a pulgada hasta que alcanzó la ribera del gran río, donde encontró un esquife amarrado.

Alentado por la respiración de aquellas bestias que lo rodeaban, subió al esquife y soltó la amarra con manos temblorosas. Agarró entonces una especie de pértiga e impulsó el bote hacia la corriente perezosa. Pero no se vio libre de los perros, que saltaron al agua y lo rodearon como una gran flotilla de cabezas caninas que se bamboleaban en las aguas vítreas, las orejas aguzadas y los colmillos relumbrando a la luz de la luna. Pero eran sus ojos lo espantable, porque tenían aquel amarillo limón ácido y brillante que no admitía la compañía de ningún otro color. Si un color puede tener algún valor moral, aquel era de una malevolencia imposible de erradicar.

Asustado como estaba y sorprendido por verse en aquel extraño lance, a pesar de la jauría, se sentía menos atenazado por el miedo de lo que lo habría estado de haberse encontrado totalmente solo. Sin proponérselo, los perros eran sus compañeros. A diferencia del hierro y la piedra, ellos estaban vivos y compartían con él el latido de la vida en el pecho, y elevó una plegaria de alegría mientras hundía la larga pértiga en el lecho fangoso del río.

Pero estaba exhausto, y su cansancio se alió con el alivio de su soledad hasta el punto de que poco faltó para que se quedara dormido. Con todo, mantuvo los ojos abiertos y, al fin, alcanzó la orilla contraria. Entonces saltó del bote a las templadas aguas luminosas de luna, y los perros se dieron la vuelta y se alejaron como una alfombra de oscuridad.

Volvía a estar solo, y el terror hubiera hecho presa de él otra vez de no haber estado tan cansado. Subió arrastrándose por una pendiente suave hasta que encontró tierra seca, y entonces se hizo un ovillo y se quedó dormido sin remedio.

No habría sabido decir durante cuánto tiempo había dormido, pero cuando despertó era pleno día, y cuando se incorporó sobre el codo supo que todo estaba mal. Aquel no era el aire de su terruño, era aire extranjero. Miró alrededor y nada le resultó familiar. La noche anterior supo que se había perdido, pero la sensación de ese momento era muy distinta, porque parecía que no solo estaba muy lejos de su hogar, sino que una nueva cualidad flotaba entre él y el sol. No era que faltara algo que en su fuero interno deseaba que volviera, sino que delante lo esperaba algo que no deseaba conocer. No tenía la menor idea de qué podía ser ese algo, pero sí sabía que sería diferente. Notaba en el rostro la luz del sol, tórrida y muy seca, y parecía como si le hubieran retirado una película de los ojos, porque la vista se le había aguzado. Un olor muy distinto a cualquier otro empezaba a hacerse notar.

No es que fuera desagradable en sí. De hecho, llevaba una nota de dulzura inextricablemente unida a la amenaza.

Volvió la espalda al río perezoso y, tras dejar el esquife en las aguas poco profundas de la orilla, se apretó las manos una contra otra y, con pasos rápidos y nerviosos, echó a andar hacia las colinas bajas que asomaban en el horizonte, donde muros y tejados se mezclaban con árboles y ramas de los árboles.

Mientras caminaba, hubo indicios, al principio apenas reconocibles, de que se encontraba en una tierra maldita. Aquí y allá aparecían notas de color glauco en forma de finos hilos de baba de caracol, o relumbrando en alguna brizna de hierba, o cubriendo el suelo como un rubor.

Pero era un rubor gris, algo húmedo y resbaladizo que se movía de acá para allá sobre la tierra extranjera. Brillaba con luz lóbrega sobre la tierra oscura y, de pronto, todo se invirtió, porque el rubor había pasado a ser la cosa oscura y resbaladiza, y el terreno de alrededor brillaba como la piel de un leproso.

El chico volvió la cabeza para no ver algo que no entendía y fijó la vista en el río, porque incluso aquella abominable corriente de agua le proporcionaba cierto consuelo, porque estaba en el pasado y el pasado no podía hacer más daño. A él no se lo había hecho. En cuanto a los perros, ninguno lo había lastimado, aunque el jadeo de sus pulmones fuera terrible. Solo sus ojos eran diabólicos.

Esa tonalidad había desaparecido con el retorno del día. A pesar de su fuerza, el sol irradiaba una luz que absorbía todo color. La luna habría causado el mismo efecto con su luz siniestra, pero, por alguna razón, en su caso había ocurrido lo contrario, dado que los ojos eran de color amarillo limón.

Pero cuando el muchacho se volvió hacia el curso de agua en busca de consuelo, advirtió lo mucho que este había cambiado. Fuera lo que fuese la noche anterior, ya no era su amigo. Bajo los rayos del sol, el agua parecía un aceite gris que se arrastraba con enfermiza voluptuosidad. El chico le dio la espalda y echó a correr como si huyera de alguna bestia abominable.

En contraste con el río oleaginoso, la abrupta silueta de la colina arbolada crujía como la corteza del pan y, sin mirar siquiera atrás, echó a andar en esa dirección.

Hacía ya muchas horas que había comido por última vez y el hambre empezaba a ser insoportable. Una gruesa capa de polvo cubría el suelo.

Quizá aquel fino polvo blanco sofocara el sonido de pasos que se acercaban, porque el chico no tuvo la menor sospecha de que algo se aproximaba. Solo cuando una bocanada de aliento agrio lo tocó, se sobresaltó y saltó a un lado y enfrentó al recién llegado.

Nunca había visto una cara como aquella: era demasiado grande, demasiado larga, demasiado greñuda, demasiado descomunal para el buen gusto, porque es mejor ocultar a la vista pública cierta clase de desproporciones.

La figura, tan erguida que incluso parecía inclinarse un poco hacia atrás, como si retrocediera, vestía un traje oscuro de algún tejido grueso y ridículamente voluminoso. Los puños almidonados, que alguna vez fueron blancos, eran tan largos y holgados que le tapaban por completo las manos.

No llevaba sombrero, pero una masa de diminutos rizos polvorientos le cubría el cráneo y se le extendía hasta la nuca.

Las sienes abultadas y huesudas parecían abrirse paso entre aquel pelo semejante a una peluca. Los ojos, horriblemente vidriosos y descoloridos, tenían unas pupilas tan diminutas que eran casi invisibles.

Aunque el muchacho no pudo captar todos estos detalles a primera vista, sí supo que se encontraba frente a algo que nunca habría podido hallarse en los predios del castillo. En cierto modo, pertenecía a otro orden. Y, sin embargo, ¿qué hacía tan diferente a aquel caballero? Su cabello era rizado y polvoriento, lo que resultaba en verdad repulsivo, pero no había nada de monstruoso en ello. La cabeza era larga y enorme, pero ¿por qué debería ser eso repugnante o imposible? Los ojos eran pálidos y casi no tenían pupila, ¿y qué? Aunque diminutas, las pupilas no faltaban, y evidentemente no había ninguna necesidad de que las agrandara.

El chico bajó la vista apenas un instante, porque el extraño había alzado uno de los pies en el aire y se rascaba el muslo de la otra pierna con horrenda meticulosidad.

El chico se estremeció, pero ¿por qué? El caballero no había hecho nada malo.

Y, sin embargo, todo era distinto. Todo estaba mal. Y el chico, cuyo corazón latía tempestuoso, miró al recién llegado con aprensión. Fue entonces cuando la larga cabeza hirsuta descendió y osciló un poco de lado a lado.

—¿Qué quieres? ¿Quién eres?

El caballero dejó de mover la cabeza a un lado y a otro y miró fijamente al chico al tiempo que descubría los dientes en una sonrisa.

—¿Quién eres? —repitió el chico—. ¿Cómo te llamas?

La figura vestida de negro se irguió con un sobresalto en un gesto que le dio un aire pomposo, pero la sonrisa continuó fija en su rostro como una herida deslumbrante.

—Soy Cabra —dijo, y el sonido salió pastoso por entre los dientes brillantes—. He venido a darte la bienvenida, hijo. Sí... Sí... A darte la bienvenida...

El hombre que se llamaba a sí mismo Cabra dio un paso lateral hacia el muchacho, un paso vil y furtivo que, al alcanzar el límite de su extensión, mostró un zapato semejante a una pezuña que empezó a rascar el polvo blanco del suelo, casi con actitud remilgada, y que reveló una hendidura central a lo largo de la vira del zapato. El chico retrocedió involuntariamente, pero no pudo evitar mirar con detenimiento aquella extremidad espantosa. Ese pie hendido no era la clase de atributo que un hombre en sus cabales exhibiría ante un extraño. Pero Cabra prosiguió con su arrastrar de pie hacia delante y hacia atrás, que interrumpía de tanto en tanto para observar cómo la suave arena caía, otra vez, al suelo a través de la hendidura.

—Niño —dijo, todavía rascando el polvo con el pie—, no me rehúyas. ¿Quieres que te lleve a cuestas?

—¡No! —gritó el chico, tan deprisa y con una voz tan chillona que la sonrisa de Cabra se apagó y se encendió de nuevo como una luz.

—Bien, pues tendrás que caminar.

—¿Adónde vamos? —preguntó el chico—. Creo que me gustaría ir a casa.

—Allí es justamente donde vas, chiquillo —respondió Cabra, y entonces, como si se le hubiera ocurrido algo, añadió con tono meditabundo—: Allí es justamente donde vas.

—¿Al castillo? ¿A mi habitación? ¿Donde pueda descansar?

—Oh, no, allí no. Nada que ver con ningún castillo.

—Donde pueda descansar —repitió el chico—, y comer algo. Tengo mucha hambre. —Un arranque de ira lo barrió y le gritó a Cabra, vestido de negro y de cabeza larga—: ¡Hambre! ¡Hambre! —y estampó el pie en el suelo.

—Habrá un banquete para ti. Se celebrará en el Salón de Hierro. Tú eres el primero.

—¿El primer qué?

—El primer visitante. Tú eres lo que hemos estado esperando durante tanto tiempo. ¿Te gustaría acariciarme la barba?

—No. Apártate de mí.

—Es muy cruel por tu parte decirme eso, sobre todo porque soy el más bondadoso de todos. Ya verás cuando conozcas a los otros. Tú eres justo lo que querían —dijo Cabra, y se echó a reír y empezó a golpearse los costados con los brazos, y los blancos puños largos y holgados aletearon de acá para allá.

—Te propongo algo —prosiguió—. Si tú me explicas cosas, yo te explicaré cosas. ¿Qué te parece?

Cabra se inclinó hacia delante y fijó los ojos de mirada vacua en el muchacho.

—No sé lo que quieres decir —susurró el chico—, pero dame comida o no haré nada por ti, te odiaré todavía más... y te mataré..., sí, te mataré, porque tengo hambre. ¡Quiero pan! ¡Quiero pan!

—El pan no es lo bastante bueno para ti —dijo Cabra—. Oh, cariño, no. Tú necesitas víveres como higos y juncos. —Se inclinó sobre el chico y un tenue olor a amoniaco se desprendió de su grasiento abrigo negro—. Y otra cosa que necesitas es...

No terminó la frase porque al muchacho se le doblaron las rodillas y cayó desmayado al suelo.

Las largas quijadas peludas de Cabra se abrieron como las de un muñeco mecánico y la criatura se arrodilló y meneó la cabeza con gesto tonto, de manera que el polvo que le cubría los rizos de la cabeza se alzó en una nubecilla que se alejó bajo la triste luz del sol. Después de mirar al chico durante un rato, se puso de pie y se alejó, quizá veinte o treinta pasos, con aquella manera suya de caminar hacia un lado, atisbando de cuando en cuando por encima del hombro para asegurarse de que no se equivocaba.

Pero no, el chico seguía donde Cabra lo había dejado, tan inmóvil como antes. Cabra se dio media vuelta y escrutó el horizonte disparejo, donde árboles y colinas se ensartaban en una larga cadena. Mientras miraba, vio a lo lejos algo no mayor que un insecto que corría. A veces parecía correr a cuatro patas, pero entonces se erguía y corría casi derecho. El efecto sobre Cabra fue inmediato.

Un centelleo apagado en el que se mezclaban miedo y rencor le cruzó por un momento el blanco de los ojos y empezó a rascar el suelo con la pata, levantando chorros de polvo blanco. Volvió al trote junto al chico y, alzándolo con una facilidad que sugería que bajo aquella chaqueta holgada que olía a amoniaco se escondía una fuerza descomunal, se lo echó al hombro como un saco y enfiló hacia el horizonte con una especie de carrera lateral.

Mientras corría incansablemente sobre el polvo blanco, murmuraba para sí.

—Primero de todo, nuestro señor soberano de la cabeza blanca, el Cordero, y solo existe el Cordero, porque él es el corazón de la vida y el amor, y eso es cierto porque él así lo ha dicho. Primero de todo, entonces, lo llamaré a través de la oscuridad para que me reciba. Y seré recompensado, quizá, por la suave crueldad de su voz. Eso es cierto porque él así me lo dijo. Y es muy secreto y Hiena no debe saberlo... Hiena no debe saberlo porque lo he encontrado yo solito. Por eso Hiena no debe vernos ni a mí ni a la criatura... la criatura hambrienta..., la criatura que hemos esperado durante tanto tiempo... Mi regalo para el Cordero... el Cordero, su señor... señor de la blancura nívea... El mismísimo Cordero.

Los pensamientos que asomaban confusamente al borde de su cerebro extraviado le salían a borbotones por la boca mientras corría de aquella manera peculiar. Su capacidad para correr no parecía tener límites. No jadeaba ni le faltaba el aliento. Solo una vez se detuvo, y fue para rascarse bajo los polvorientos rizos piojosos esa zona de la cabeza entre la frente y la coronilla que le picaba como si la tuviera en llamas. Para eso tuvo que depositar al muchacho en el suelo, y justo en ese punto empezaban a verse unas pocas briznas de hierba que se abrían paso entre el polvo. Las colinas boscosas se habían acercado apreciablemente y, mientras Cabra se rascaba la cabeza y con esta operación lanzaba al aire densas nubes de polvo, la criatura que antes había atisbado a lo lejos volvió a hacer acto de presencia.

Pero Cabra tenía la cabeza vuelta en otra dirección, y fue Hiena quien, de regreso de alguna diablura, vio de pronto a su colega y se detuvo en seco donde estaba, como un objeto de metal, las orejas animales apuntando hacia delante. Los ojos saltones solo veían a Cabra y algo más. ¿Qué era aquella figura que yacía en el polvo a los pies de Cabra?

Incluso con su vista amplia y aguda, le costó un rato distinguir lo que era, pero cuando Cabra se volvió hacia el chico, estirando aún más los largos puños del abrigo, y lo asió con el antebrazo y se lo echó al hombro, Hiena distinguió el contorno de un rostro humano y, al verlo, la sangre le hirvió en las venas y empezó a temblar con tal vigor que Cabra, a lo lejos, miró alrededor como si presintiera un cambio de tiempo o como si el cielo hubiera mudado de color.

Percibiendo el cambio, pero no sabiendo qué hacer sobre el particular, ya que no se veía ni oía nada, Cabra empezó a correr otra vez, con los faldones del abrigo semejante a una capa ondeando tras él y el chico al hombro.

Hiena observó con atención, porque Cabra estaba a unos centenares de varas del límite de las colinas boscosas. Una vez a la sombra de esos árboles, no era fácil seguirle la pista a un enemigo ni encontrar a un amigo.

Pero aunque Hiena tomó buena nota de la dirección que llevaba Cabra, estaba bastante seguro de conocer su ruta y su destino. Sabía perfectamente que Cabra era un adulador y un lamebotas que nunca se arriesgaría a despertar la ira del Cordero. Allí era adonde iría, al corazón de la tierra, donde, sumidos en el silencio, se alzaban los cobertizos.

Así que Hiena hizo un poco de tiempo y, mientras esperaba, en el aire sonaban los crujidos de huesos al ser triturados, porque a Hiena le gustaba mucho el tuétano y llevaba siempre el bolsillo bien surtido de huesos. Tenía unas mandíbulas poderosas y, mientras masticaba, podían verse en acción los músculos entre las orejas y la mandíbula; el proceso era aún más visible debido a que Hiena, a diferencia de Cabra, era algo así como un dandi y se afeitaba cuidadosamente con una navaja de barbero cada cinco o seis horas, porque las cerdas de sus mejillas eran duras y crecían rápido y había que mantenerlas a raya. Los antebrazos eran otra cosa. Cubiertos con un pelaje moteado, eran algo de lo que estar orgulloso, y por esa razón Hiena jamás llevaba chaqueta. La camisa que vestía tenía las mangas muy cortas para que sus largos brazos moteados pudieran ser admirados sin estorbo, pero, con mucho, su rasgo más llamativo era la melena que se derramaba a través de una abertura en la camisa entre los omóplatos. Sus piernas, embutidas en un pantalón, eran muy estrechas y muy cortas, y, como resultado, su espalda tenía una inclinación muy pronunciada. Tanto era así que a menudo se lo veía bajar al suelo sus largas patas delanteras.

Había algo infecto en él. Como en el caso de Cabra, resultaba difícil relacionar esa abyección con un rasgo particular, que ya habría sido horrendo. Hiena transmitía un aire de amenaza, una amenaza muy distinta de la vaga bestialidad de Cabra: menos untuoso, menos estúpido, menos sucio que Cabra, pero más sanguinario, más cruel y con una feroz sed de sangre y, a pesar de la facilidad con la que Cabra había levantado al chico, con una fuerza brutal de un orden muy distinto. Esa limpia camisa blanca de frente abierto revelaba un interior negro y duro como el pedernal.

En la penumbra oscilaba un rubí rojo sangre que ardía como una brasa, colgado de una gruesa cadena de oro.

Allí estaba, a mediodía, en el límite del bosque, los ojos fijos en Cabra con el chico al hombro. Mientras esperaba, inclinó la cabeza hacia un lado y se sacó del bolsillo del pantalón un hueso del tamaño de un pomo de puerta, y tras meterse entre los colmillos aquella cosa en apariencia irreductible, lo quebró como quien casca un huevo.

Sin apartar los ojos de Cabra, se puso un par de guantes amarillos, desenganchó su bastón de las ramas de un árbol cercano y, de pronto, se giró y se zambulló en las sombras del bosque, cuyos árboles se alzaban como una especie de cortina ominosa.

Una vez entre los árboles de las pequeñas colinas, encajó el bastón entre la pelambre de su desgreñada melena para no perderlo y, con las patas delanteras apoyadas en el suelo, empezó a galopar en la penumbra como si fuera un animal. Y mientras corría empezó a reír, al principio de manera quejumbrosa, pero ese sonido infeliz dio lugar, gradualmente, a otra clase de bestialidad. Hay una risa que enferma el alma: la risa cuando está descontrolada, cuando grita y patea y alarma a la ciudad vecina; la risa en toda su ignorancia y su crueldad; la risa con la semilla de Satán en ella; la carcajada que pisotea los lugares sagrados. Brama, aúlla, delira y, sin embargo, es fría como el hielo, carece de humor, es puro sonido y pura malicia, y así era la de Hiena.

Porque Hiena poseía tal vitalidad de la sangre, tan brutal ebullición que, mientras corría sobre helechos y pastos, una especie de latido lo acompañaba. Algo casi inaudible en el profundo silencio del bosque. Porque reinaba una sensación de silencio a pesar de aquella risa lunática y monstruosa, un silencio más sepulcral que cualquier sosiego prolongado, pues cada nueva carcajada era como una cuchillada; cada silencio, una nueva nulidad.

Pero la risa fue disminuyendo, hasta que Hiena llegó a un claro entre los árboles y calló del todo. Había viajado muy deprisa y no le sorprendió descubrir que había llegado antes que Cabra, porque estaba seguro, y no se equivocaba, de que Cabra se dirigiría hacia las minas. Sabiendo que no tendría que esperar mucho, Hiena se sentó muy derecho en una roca y empezó a reacomodarse la ropa, echando de cuando en cuando un fugaz vistazo a una abertura entre los árboles.

Como no apareció nada durante un rato, Hiena se puso a estudiar sus poderosas patas delanteras, largas y moteadas, y pareció complacerle lo que veía, porque algunos grupos de músculos se le movieron en las mejillas afeitadas y las comisuras de la boca se le alzaron en lo que podía ser tanto una sonrisa como un gruñido. Un momento después se oyó movimiento entre las ramas y, de pronto, allí apareció Cabra.

El chico, todavía inconsciente, colgaba laxo sobre el hombro vestido de negro. Durante unos instantes Cabra permaneció inmóvil, pero no porque hubiera visto a Hiena, sino porque ese claro o calvero era como un hito o punto de referencia en su avance, y se detuvo por costumbre para descansar. El sol le caía sobre la abultada frente. Los sucios puños blancos oscilaban adelante y atrás, eliminando cualesquiera que fueran las manos que poseía. Su larga chaqueta, tan negra en la penumbra, mostraba al sol un tinte verdoso que sugería deterioro.

Hiena, que había permanecido sentado en su roca, se puso de pie, y cada uno de sus movimientos sugirió una fuerza brutal. Pero Cabra estaba desplazando al muchacho de un hombro al otro y no advirtió la presencia de Hiena hasta que un estampido como el de un disparo lo hizo volverse sobre sus zapatos hendidos y, en el mismo instante, dejar caer su preciosa carga.

Ese estampido, ese restallido, le resultaba muy familiar, ya que, junto con el chasquido y el mascado, eran tan parte de la existencia de Hiena como la melena en el dorso de sus brazos moteados.

—¡Tonto de capirote! —gritó Hiena—. ¡Bobo! ¡Patán! ¡Y maldito Cabra! ¡Ven aquí antes de que añada un nuevo chichón a tu sucia frente! Y tráete ese fardo —añadió, señalando el bulto tirado en el suelo del bosque.

Ni él ni Cabra sospechaban que el chico los observaba a través de los párpados entreabiertos.

Cabra se deslizó a un lado, arrastrando los pies, y mostró los dientes en una inmensa sonrisa fatua y deslumbrante.

—Hiena, cariño. ¡Qué buen aspecto tienes! Ya vuelves a ser el mismo, no me sorprende. Benditos sean tus largos brazos y tu espléndida melena.

—¡Olvídate de mis brazos, Cabra! Tráeme el bulto.

—Y eso voy a hacer, desde luego y por descontado.

Cabra se arrebujó en los jirones de su chaqueta mugrienta como si tuviera frío y caminó de lado hasta el lugar donde el chico yacía aparentemente inconsciente.

—¿Está muerto? —dijo Hiena—. Porque como lo esté, te quebraré el hueso de la pierna. Debe estar vivo cuando lo llevemos allí.

—¿Cuando lo llevemos allí? ¿Es eso lo que has dicho? Por el esplendor de tu melena, Hiena, querido, esto es un desprecio hacia mi persona. Soy yo quien lo ha encontrado. Yo, Capricornio, Cabra. Con tu permiso, lo llevaré yo solito.

De pronto, la sangre vil se inflamó en las venas del bruto. Con un gran salto, el musculoso Hiena se abalanzó sobre Cabra y lo derribó. La oleada de pura vitalidad, maliciosa e incontrolable, le sacudía el cuerpo como si fuera a hacerlo pedazos, de manera que, mientras Hiena mantenía a Cabra inmovilizado bocarriba (porque sujetaba por los hombros a la pobre criatura), pisoteaba salvajemente a su víctima a lo largo y ancho del cuerpo sin retirar sus crueles manos.

El chico, tendido en silencio, presenció la brutal escena con una repugnancia que le llenaba el alma, y era lo único que podía hacer para impedirse a sí mismo levantarse y salir corriendo. Pero sabía que no tenía ninguna oportunidad contra esos dos. Aunque hubiera estado fuerte y sano, jamás habría logrado escapar de los saltos de Hiena, cuyo cuerpo parecía contener el odio y la energía del mismo Satán.

Tal como se encontraba, tirado en el suelo de un mundo extranjero, los miembros pesados como el plomo, la sola idea de escapar era ridícula.

Pero no había dejado que aquellos momentos pasaran sin obtener alguna recompensa. A partir de frases incompletas se había enterado de que había otro. Otra criatura, vaga y difusa en la imaginación del muchacho, que ejercía cierta clase de poder no solo sobre Cabra, sino también sobre el impetuoso Hiena... y quizá sobre otros.

Aunque musculoso, Cabra se rindió sin reservas a Hiena, porque conocía a la bestia moteada desde hacía mucho tiempo y sabía a qué crueldades recurriría si se le presentaba alguna resistencia. Por fin, Hiena se apartó de un salto del maltrecho Cabra y se colocó bien los pliegues de la camisa blanca. Los ojos le brillaban con una luz repulsiva en el rostro largo y delgado.

—¿Ha tenido bastante tu asqueroso pellejo? ¿Eh? No consigo entender por qué te aguanta.

—Porque es ciego —susurró Cabra—. Deberías saberlo, Hiena, querido. Ay, qué bruto eres.

—¿Bruto? ¡Eso no ha sido nada! Si...

—No, no, cariño, no hace falta que me lo digas. Sé que eres más fuerte que yo. Así que poco puedo hacer.

—No puedes hacer nada —dijo Hiena—. Repítelo conmigo.

—¿Qué? —preguntó Cabra, que había logrado sentarse—. No acabo de entenderte, amorcito.

—Como vuelvas a llamarme amorcito te despellejo —lo amenazó Hiena, y sacó una hoja larga y fina sobre la que juguetearon los rayos del sol.

—Sí, sí, la he visto antes —dijo Cabra—. Lo sé todo sobre ella. Al fin y al cabo, llevas años y años maltratándome e intimidándome, ¿no es cierto? —y exhibió fugazmente su sonrisa fatua, de tal modo que sus dientes parecieron las lápidas de un cementerio.

Nunca se había visto boca con menos alegría. Cabra le dio la espalda a Hiena y se dirigió hacia donde el chico seguía tendido en silencio, pero antes de que alcanzara el bulto, en apariencia insensible, se volvió y gritó:

—Oh, pero es una vergüenza. Fui yo quien lo encontró, lo encontré solo en el polvo blanco, y fui yo quien se acercó a él subrepticiamente y lo sorprendió. Fue todo cosa mía, y ahora tengo que compartir el mérito. ¡Oh, Hiena, Hiena! Eres más brutal que yo y te saldrás con la tuya.

—Así será, no lo dudes —dijo Hiena, y cascó un nuevo hueso con los dientes y escupió una nube de polvo blanco.

—Pero es la gloria lo que necesito —replicó Cabra—. La gloria.

—Tienes suerte de que te deje venir siquiera, alcornoque.

Ante semejante halago, Cabra se limitó a rascarse, pero con tal empeño que el polvo se levantó desde todos los rincones de su anatomía y, durante un momento desapareció en una pequeña columna de polvo blanco. Después volvió sus ojos lastimeros, pálidos y casi sin pupila hacia su compañero y, con su inimitable trote lateral, se acercó al chico, pero antes de que lo alcanzara, Hiena saltó como un rayo en el aire y lo esperaba ya sentado, muy tieso, junto al chico.

—Ves mi melena, ¿verdad, cucaracha?

—Naturalmente que la veo —dijo Cabra—. ¡Necesita que la aceiten!

—¡Silencio! ¡Haz lo que te diga!

—¿Y qué será eso, querido Hiena?

—¡Trénzame la melena!

—¡Oh, no! Ahora no…

—¡Trénzame la melena!

—¿Cómo la quieres, Hiena?

—¡Hazme seis trenzas!

—¿Para qué, cariño?

—Para atar al muchacho a mí con ellas. Se lo llevaré al Cordero sobre el lomo. Eso lo complacerá. Así que trénzame la melena y átalo con las trenzas. Entonces correré, cabrón esquivo. Correré como solo yo puedo correr. Puedo correr como el viento, como los vientos negros de los yermos. Soy la criatura más rápida del mundo, más rápida que mi enemigo más rápido. En cuanto a mi fuerza, hasta los mejores leones vomitan y se escabullen. ¿Quién más tiene brazos como los míos? Incluso el Cordero los admiraba hace mucho tiempo…, en los días en que podía verme. ¡Oh, tonto de capirote, me pones malo! ¡Trenza mi melena, mi melena negra! ¿A qué esperas?

—Yo lo encontré por mi cuenta en las tierras polvorientas, y ahora tú…

Cabra se interrumpió al captar un movimiento por el rabillo del ojo y, volviendo rápidamente la cabeza polvorienta en dirección al chico, lo vio ponerse de pie. En el mismo instante, Hiena cesó de masticar un codillo lleno de tuétano y, durante un momento, todos permanecieron inmóviles. Alrededor, las hojas de los árboles se agitaban en silencio. No había pájaros. Parecía que no había nada que estuviera vivo. Hasta el mismo suelo parecía muerto, pues ni siquiera un insecto se desplazaba de una brizna de hierba a otra ni de una piedra a otra. El sol mortecino y apagado irradiaba un calor tórrido.

El chico, que, a pesar de su estado de debilidad y de su miedo, había seguido la conversación y había sumado dos más dos, fue quien rompió la quietud con su joven voz.

—¡En nombre del Cordero ciego, os saludo! —gritó y, volviéndose a Hiena, añadió—: Que las manchas de vuestros brazos jamás se desdibujen bajo el azote de las lluvias invernales ni se ennegrezcan al sol del verano.

Hizo una pausa. El corazón le latía con violencia, los miembros tensos le temblaban, pero percibió en el silencio de aquellos dos una creciente concentración, tal era la intensidad con la que lo observaban.

Sabía que debía continuar.

—¡Y qué melena! ¡Qué orgullosos y arrogantes son los pelos que la forman! ¡Con qué torrencial empuje brotan a través de vuestra camisa nívea! ¡Que nunca esa melena furiosa sea alterada o recompuesta, salvo para ser peinada por la luz de la luna cuando los búhos salen a cazar! ¡Oh, criatura espléndida! ¡Y esas mandíbulas, hechas para triturar! Sin duda debéis de estar orgulloso del poder de vuestros tendones y del granito de vuestros dientes.

El chico volvió la cabeza hacia Cabra y, tembloroso, tomó aliento.

—Ah, Cabra —dijo—. Nos hemos conocido antes. Os recuerdo muy bien. ¿Fue en este mundo o en el anterior? Recuerdo la amplitud de vuestra sonrisa y la serena imparcialidad de vuestra mirada. Pero ¿qué me llamaba tanto la atención de vuestros andares? ¿Qué era? ¡Había algo tan singular en ellos! ¿Caminaríais para mí, señor Cabra, por pura amabilidad? ¿Podríais caminar hasta ese árbol y luego volver? ¿Lo haríais, solo para que yo pudiera recordar?

Durante unos segundos no se oyó nada. Cabra y Hiena parecían haber echado raíces donde estaban. Jamás habían oído tal elocuencia. Jamás se habían sentido tan sorprendidos. El bulto débil sobre cuyo cuerpo postrado habían estado discutiendo se alzaba en ese momento entre ambos.

De pronto, un lejano aullido lastimero llenó el aire, pero solo un instante, porque al momento se transformó en una estridente carcajada, espantosa, sin alegría. El cuerpo enorme y musculoso temblaba como si quisiera sacudirse la vida de encima. Hiena había echado la cabeza hacia atrás y su garganta tensa revelaba la pasión de su alarido. Y de pronto calló. La fiera cabeza descendió al nivel de los anchos hombros enfundados en la camisa blanca.

Hiena volvió la cabeza, no hacia el chico, sino hacia Cabra.

—¡Haz lo que te han dicho! —gritó—. Insolente saco de polvo, mugriento zoquete. Haz lo que te han dicho antes de que te arranque la cabeza. —Se giró hacia el chico—. Es lerdo como un viejo cabestro. Míralo.

—¿A qué árbol te refieres? —dijo Cabra rascándose.

—Al árbol más cercano, señor Cabra. ¿Cómo caminabais? No consigo recordarlo. ¡Ah, eso era, eso! De lado, como un barco en un mar alborotado. De lado y de canto, con la carga resbalándose. Ah, señor Cabra, es extraño y evocador el modo en que os desplazáis sobre la faz de la Tierra. Sin duda, ambos sois singulares, y como a tales os saludo en el nombre del Cordero ciego.

—El Cordero ciego —repitieron ellos—. Salve al Cordero ciego.

—Y, también en su nombre, tened compasión de mí, porque estoy hambriento. Que hayáis pensado en vuestra melena como cuna para mí demuestra una gran originalidad, pero moriría asfixiado. No podría soportar la actividad de vuestros músculos y el espléndido hedor de vuestra melena me sofocaría. El latir de vuestro corazón me destrozaría. No tengo fuerzas para eso. Sois tan formidable..., tan majestuoso... Recurrid a vuestro ingenio y construidme una silla de ramas, y llevadme entre los dos... Llevadme... donde... Oh, ¿adónde me llevaréis?

—¡Ramas, ramas! —aulló Hiena dirigiéndose a Cabra, sin hacer caso de la pregunta—. ¿A qué esperas? —añadió, y le dio un bofetón.

Se puso a tronchar ramas de los árboles cercanos y a trenzarlas. El chasquido de las ramas principales al ser arrancadas resonaba lúgubremente en el aire estancado. El muchacho contemplaba el trajín de las dos siniestras criaturas sentado a la sombra de los árboles, y se preguntaba cómo y cuándo lograría escapar de su abyecta presencia. Era evidente que huir de ellos en ese momento lo llevaría a morir de inanición. Ante quienquiera que fuera que estaban determinados a llevarlo, seguro que tendría como mínimo pan para comer y agua para beber.

Hiena regresaba en ese momento de la zona arbolada. Había dejado caer algo semejante a una silla de montar que había confeccionado y parecía ansioso por llegar donde estaba el chico. Cuando lo alcanzó, fue incapaz de expresarse y, aunque sus mandíbulas se movieron espasmódicamente, de su boca desagradable no salió ni una sola palabra.

—¡Tú! —gritó en una ráfaga brutal—. ¿Qué sabes tú del Cordero, del secreto Cordero, nuestro emperador? ¿Cómo osas hablar del Cordero…, el Cordero ciego por el que existimos? Nosotros somos los únicos que quedamos… de todas las criaturas del mundo, de todos los insectos y las aves, de los peces del océano salado y de las bestias de presa. Porque él ha cambiado la naturaleza que les era propia y ellos han muerto. Pero nosotros no morimos. Nos convertimos en lo que somos mediante los poderes del Cordero y su terrible pericia. ¿Cómo has sabido de él, tú que vienes de la región del polvo blanco? ¡Si eres solo un jovenzuelo! ¿Cómo es que lo conoces?

—Solo soy un producto de su pensamiento —contestó el chico—. En realidad no estoy aquí, no por derecho propio. Estoy aquí porque él me creó. Pero me he alejado, me he alejado de su gran cerebro. Él ya no desea poseerme. Llevadme a algún sitio donde pueda comer y beber y dejadme marchar.

Entretanto, Cabra había reaparecido.

—Está hambriento —dijo.

Pero mientras lo decía, su insulsa sonrisa se le heló en la cara y se transformó en algo que se traducía en terror, porque desde muy lejos llegó un sonido, un sonido que parecía proceder de profundidades inimaginables. Era un sonido aflautado, cristalino como el tintineo de un carámbano. Débil, lejano y claro.

El efecto en Hiena fue tan instantáneo como lo había sido en Cabra. Inclinó las orejas puntiagudas hacia delante de inmediato y alzó la cabeza todo lo que pudo. El color de sus mejillas, que con tanto esmero afeitaba cada mañana, cambió del rojo moteado a una palidez mortal.

El chico, que había oído la llamada igual que los otros, no alcanzaba a imaginar por qué un sonido tan dulce y líquido había de causar tal efecto en las dos rígidas criaturas que tenía al lado.

—¿Qué era eso? —preguntó por fin—. ¿Por qué estáis tan asustados?

Tras un prolongado silencio, ambos le respondieron a la vez.

—Era el balido de nuestro amo.

Muy lejos del alcance de la exploración, en los yermos sofocados donde el tiempo se desliza a través del día enfermo y de la noche ahogada, existía un país de absoluta quietud: la quietud del aliento contenido y retenido en los pulmones, la quietud del temor y de una funesta incertidumbre.

Y en el corazón de ese país o región, donde no crecían los árboles ni cantaban los pájaros, se extendía un desierto de espacio gris que despedía un brillo metálico.

Descendiendo imperceptiblemente desde los cuatro horizontes, como atraída hacia el centro, esta amplia medialuna de tierra empezaba a quebrarse en terrazas luminosas y estériles, apenas apreciables al principio, que, a medida que el nivel del terreno circundante descendía, se hacían más empinadas y anchas, y justo cuando parecía que el centro de aquel erial estaba cerca, las terrazas grises se esfumaban y se extendía ante la vista un campo de piedra desnuda. Diseminadas por ese campo se veían las chimeneas y los pozos de alguna antigua explotación minera, y aquí y allá, en todas direcciones, se veían vigas y cadenas por el suelo. Todo ello bañado por una luz horrenda que relumbraba en el metal y la piedra.

Y aunque el simulacro de sol derramara sus rayos, y aunque no hubiera ningún otro movimiento en aquel vasto anfiteatro, algo se agitaba, algo muy por debajo del nivel del suelo. Algo que estaba solo y vivo, algo que se sonreía amablemente sentado en un trono, en una gran sala abovedada iluminada por una multitud de velas.

Pero por mucha refulgencia que produjeran las velas, la mayor parte de la bóveda permanecía sumida en la oscuridad. El contraste entre el resplandor mortecino de la luz en el mundo exterior, con su lustre tórrido y metálico, y el claroscuro de esa bóveda subterránea era algo en lo que Cabra y Hiena nunca dejaban de reparar, a pesar de la insensibilidad que los caracterizaba.

Ni tampoco, a pesar de que la percepción de la belleza era algo tristemente ajeno a su naturaleza, eran capaces de entrar en esa sala concreta sin pasmo y asombro. En otro tiempo, cuando vivían y dormían en celdas oscuras y cochambrosas, pues no se les permitía ni siquiera una vela, Hiena y Cabra se habían rebelado. Que no fueran tan inteligentes como su señor no les parecía motivo suficiente para tener menos derecho a disfrutar de las comodidades de la vida. Había pasado mucho tiempo desde entonces, y hacía ya muchos años que sabían que pertenecían a una raza inferior y que servir y obedecer a su amo era, en sí misma, suficiente recompensa. Además, ¿cómo sobrevivirían sin el cerebro de su señor? ¿No valía la pena todo castigo en aquel mundo subterráneo si, en raras ocasiones, se les permitía sentarse a la mesa con el emperador y ver cómo se bebía su vino, y de cuando en cuando recibían algún hueso que roer?

A pesar de la fuerza y la bestialidad brutales que afloraban en Hiena cuando estaba lejos de su amo, en su presencia se transformaba en algo sumiso y servil. Y Cabra, cuya personalidad quedaba subyugada a Hiena cada vez que se encontraban en la superficie, era capaz de ser una criatura muy distinta en otras condiciones. La mueca blanca y fiera, que era la versión de Cabra de una sonrisa, era un rasgo más o menos permanente en su rostro alargado y polvoriento. Su caminar de lado se volvía casi agresivo, porque lo combinaba con una especie de pavoneo, y agitaba los brazos con más libertad, en el convencimiento de que cuanto más se veían los puños almidonados más elegante parecía.

Pero su alegría solía tener una vida corta, porque el telón de fondo de todo era la siniestra presencia de su rutilante señor.

Blanco. Blanco como la espuma cuando la luna llena brilla sobre el mar; blanco como el blanco de los ojos de un niño o la frente de un muerto; blanco como la sábana de un fantasma: oh, blanco como la lana. Lana resplandeciente y blanca... en un millón de rizos..., seráfica en su pureza y suavidad..., la vestimenta del Cordero.

Y en todo alrededor flotaba la oscuridad, que oscilaba a merced del parpadeo de las velas.

Porque se trataba de una bóveda de proporciones solemnes, un lugar que bostezaba silencio, de manera que el movimiento de las diminutas llamas era casi como el sonido de voces. Pero no había allí animales ni insectos ni pájaros, ni siquiera vegetación, que hiciera algún ruido, nada en absoluto, a excepción del señor de las minas, señor de las galerías no explotadas y de una región hundida en el cuerpo del metal. Y él no hacía ruido. Esperaba sentado pacientemente en su sitial. Justo delante de él había una mesa cubierta con un exquisito mantel bordado. La alfombra sobre la que descansaba la mesa era gruesa y mullida y de un intenso color rojo sangre. Allí, en ese lugar perdido en la oscuridad inferior, la falta de color del mundo superior se transformaba en algo que no era la mera ausencia de tonos, sino que era más que solo color. Gracias a las velas y las lámparas, se convertía en una especie de mancha vívida, casi como si los objetos iluminados ardieran o irradiaran la luz en lugar de absorberla.

Pero el color no parecía causar ningún efecto en el Cordero, cuya lana solo se reflejaba a sí misma, si bien tenía una única peculiaridad más, y eran los ojos. Una opaca membrana azul le velaba las pupilas. Aunque apagado, este azul causaba un efecto desproporcionado debido a la blancura angelical de los rasgos que los rodeaban. En aquella exquisita cabeza, los ojos parecían dos monedas.

El Cordero se sentaba muy tieso, con las manos cruzadas en el regazo. Eran exquisitas, como las manos de un niño, porque además de diminutas eran regordetas.

Costaba creer las edades primordiales que se ocultaban bajo el vello de aquellas manos blancas. Allí estaban, cruzadas una sobre la otra como si se amaran; ni agarrándose con demasiada pasión, porque eran susceptibles de lastimarse, ni tocándose con demasiada ligereza, por miedo a perder el agradable contacto.

El pecho del cordero era como un pequeño mar, un pequeño mar de rizos apretados, o como las delicadas crestas blancas del verdor bajo la luna. Un verdor blanco como la muerte, inmóvil a la vista, pero voluptuosamente suave al tacto, y también letal, porque hundir la mano en ese pecho solo revelaría que carecía de sustancia fuera de los rizos del Cordero: no había costillas ni órganos, solo la horrenda blandura de una infinidad de lana.

Ni se encontraría ni oiría tampoco un corazón. Una oreja pegada a aquel pecho muerto solo escucharía un gran silencio, una vasta nada, un vacío infinito. Y en el silencio, las manos se separaban durante un breve lapso y solo las puntas de los dedos se tocaban de un modo extrañamente frailuno, pero solo en el instante previo a que se lanzaran la una hacia la otra y sus palmas se reunieran con un sonido como el de un lejano intento de recuperar el aliento.

En el silencio que rodeaba al Cordero, ese sonido infinitesimal bastaba para despertar una docena de ecos que se propagaban hasta los rincones más remotos de las galerías abandonadas, ascendían por las gargantas de pozos portentosos y, allí donde las grandes vigas y las espirales de las escaleras de hierro se entrecruzaban, se dividían en ecos menores, y todo el reino subterráneo se llenaba de sonidos inaudibles, como el aire está lleno de motas.

Era un lugar desolado, un vacío. Era como si una gran marea se hubiese retirado para siempre de orillas que antaño estuvieron llenas de voces.

Hubo un tiempo en el que aquellas desiertas soledades bullían de esperanza, entusiasmo y expectativas sobre cómo iba a cambiar el mundo. Pero eso había quedado en el olvido, dejando solo un pecio. Un pecio de metal: discurría en espirales, describía grandes arcos, se disponía en interminables gradas, salvaba vastos pozos de oscuridad, formaba gigantescas escaleras que venían de ningún sitio y llevaban a ninguna parte. Era extenso, una sucesión de paisajes de metal olvidado, inútil, inmovilizado en mil posturas de mortalidad, y ni una rata ni un ratón, ni un murciélago ni una araña. Solo el Cordero, sentado en su sitial con una tímida sonrisa en los labios, a solas en el lujo de su salón abovedado, donde la roja alfombra era como sangre y los libros se alineaban en las paredes y subían y subían, un volumen tras otro, hasta que la oscuridad los engullía.

Pero el Cordero no era feliz, pues, aunque su cerebro era claro como el hielo, en el hueco donde debería haber estado su alma bullía una enfermedad terrible. Tenía una memoria prodigiosa y no solo recordaba los tiempos en los que los suplicantes de todas las clases y formas, en diferentes estadios de mutación y abyecto cambio, llenaban aquella sala ensombrecida, sino también a cada uno de los individuos que habían llenado los siglos; cada uno con su idiosincrasia de gesto, postura y rasgos; cada uno con sus peculiares formaciones de hueso; cada uno con sus texturas, su melena o su barba incipiente; los moteados, los rayados, los pintos o los anodinos. Los había conocido a todos. Los había reunido a voluntad, porque en aquellos tiempos felices el mundo bullía de criaturas y solo tenía que llamar con su voz dulce para que corrieran a reunirse ante su trono.

Pero esos prósperos días lejanos ya no volverían. Con el tiempo, las criaturas habían ido muriendo una a una, porque los experimentos no tenían precedente. Que el Cordero fuera capaz de continuar con su diabólico pasatiempo incluso después de que la ceguera hubiera sumido el mundo en una medianoche eterna era prueba suficiente de la inapagable vitalidad de su maldad. No, no era que los cristalinos se le hubieran engrosado y velado; no era nada de esa naturaleza lo que había causado la muerte de tantos, sino que él había deseado que se convirtieran en bestias cuando todavía eran hombres y en hombres cuando todavía eran bestias. Eso aún podía conseguirlo, porque palpaba y captaba la estructura de una cabeza y pronunciaba al instante el animal, el prototipo que se ocultaba, por así decirlo, bajo la forma humana.

Porque donde en el momento presente caminaba Hiena, con su lomo inclinado y sus largos brazos, con su mentón afeitado, su camisa blanca y su risa espantosa, hubo en otro tiempo un hombre cuyos rasgos distintivos apuntaban hacia la bestia que ahora poseía tanto de él.

Y en el corazón de Cabra, que en ese momento avanzaba de lado por los matorrales grises, acercándose con cada paso cada vez más a los terribles pozos del inframundo, hubo en otro tiempo un hombre.

Porque el Cordero hallaba el placer más exquisito degradando a otros. Trabajaba en sus víctimas incautas y las transformaba de tal manera que, mediante la sutil mezcla del terror y la vil lisonja, una a una dejaban de tener voluntad propia y empezaban a desintegrarse, no solo moralmente, sino también palpablemente. Era entonces cuando él ejercía una presión diabólica sobre ellas, porque, habiendo estudiado sus diferentes tipos (aquellos deditos blancos revoloteando aquí y allá sobre los semblantes huesudos de muchas cabezas temblorosas), empezaba a desear que cayeran en un estado en el que ansiaran hacer lo que él pretendía que hicieran y ser lo que él pretendía que fueran. Así que la forma y el carácter de la bestia a la que, de algún modo, se parecían empezaban a fortalecerse poco a poco y empezaban a aparecer pequeñas señales, como una nota en la voz que nunca se había tenido o una manera de sacudir la cabeza que recordaba a un ciervo o de bajarla como una gallina cuando corre hacia la comida.

Pero el Cordero, de mente tan ágil e ingeniosa, era incapaz de mantenerlos vivos. En muchos casos esto no tenía importancia, pero algunas de sus bestias se habían convertido, bajo su patrocinio, en criaturas soberanamente imbéciles, cada cual en su medida. Y no solo eso: la curiosa interacción entre la parte animal y la parte humana que se producía en su interior era una fuente inagotable de placer burlón, igual que un enano proporciona diversión a un rey. Pero no por mucho tiempo. Los más peculiares eran los que morían antes, porque el proceso de transmutación era de una naturaleza tan oculta que ni siquiera el Cordero había averiguado qué los mataba y qué los mantenía vivos.

Nadie sabía por qué en algún lugar de su compleja estructura el Cordero albergaba un fuego encendido, acre y furioso como una úlcera, pero es cierto que la sola visión de un ser humano le cambiaba el color de la carne. Así que no era solo por diversión que llevaba a un alma humana hasta el fondo y encontraba allí, entre las máscaras del mundo, su equivalente y contraparte, sino también por aversión, por un profundo y ardiente odio a todos los humanos.

Había pasado mucho tiempo desde la última muerte, cuando un hombre araña gritó pidiendo ayuda, se hizo un ovillo, se consumió y se convirtió en polvo en un instante. Aquella criatura había sido para el Cordero una especie de compañero en las raras ocasiones en las que le apetecía compañía. Porque Araña había conservado la calidad de su cerebro, un órgano delicado y entretejido, y había veces en las que, sentados uno frente a otro a una mesita de marfil, se embarcaban en largas batallas intelectuales con un lejano parecido al ajedrez.

Pero esa criatura había muerto, y todo lo que quedaba de su corte eran Hiena y Cabra.

Nada parecía matar a esos dos. Seguían viviendo. A veces, el Cordero se sentaba y miraba en su dirección, porque, aunque no veía nada, lo oía todo. Tan agudos eran su sentido del oído y su sentido del olfato que, aunque las dos criaturas y el chico se hallaban aún a muchas leguas de allí, su blanco señor podía oírlos y olerlos con claridad, sentado muy erguido en su trono y con las manos cruzadas.

Pero ¿qué era ese aroma tenue y desconocido que llegaba hasta las minas junto con el olor más acre de Hiena y Cabra? Al principio el Cordero no alteró su posición, pero luego inclinó la cabeza hacia atrás. Las orejas blancas como la leche apuntaban hacia delante, y las sensibles narices temblaban con la velocidad de la lengua de una víbora o de las alas de una abeja cuando se cierne sobre una flor. Los ojos miraban ciegamente la oscuridad en lo alto. A su alrededor, en las zonas más oscuras o allí donde la luz de las lámparas se recreaba en los lomos escalonados de su biblioteca, algo muy distinto andaba suelto, una sensación de despertar. El Cordero inescrutable, del que no se sabía que jamás hubiese mostrado sus sentimientos, se había separado de su naturaleza por un instante, porque no solo había replegado la cabeza en el cuello, acentuando así la rigidez de su postura, sino que un temblor casi invisible le pasó por el rostro ciego.

Porque el olor de vida que se acercaba era cada vez más intenso, aunque la distancia entre las minas subterráneas y el trío de caminantes era todavía de muchas leguas.

Los tres, liderados por Hiena, habían cubierto ya un buen trecho. Habían dejado atrás los bosques inmóviles y alcanzado un cinturón de arbustos resecos entre los que avanzaban con dificultad. El calor del día se había disipado y el hambre del chico lo hizo llorar.

—¿Qué les pasa a sus ojos, querido? —dijo Cabra, señalando con lo que parecía un brazo sin mano, porque los puños almidonados y sucios le llegaban mucho más allá de los dedos—. Para un momento, Hiena, amorcito. Lo que veo me recuerda algo.

—¿No me digas, hijo de una pestilencia verde? ¿Y qué puede ser, eh? ¿Eh?

—Mira y velo por ti mismo con tu bello y listo rostro —dijo Cabra—. ¿Ves a lo que me refiero? Vuelve la cabeza hacia mí, muchacho, para que tus superiores podamos disfrutar de tu semblante entero. ¿Ves, Hiena, querido?, ¿no es lo que yo te decía? Tiene los ojos llenos de pedacitos de cristal roto. ¡Tócalos, Hiena, tócalos! Son húmedos y cálidos, y mira, el agua le chorrea por las dos mejillas. Me recuerda algo, pero ¿qué?

—¿Cómo quieres que lo sepa? —gritó Hiena con irritación.

—Mira —continuó Cabra—. Puedo acariciarle los párpados. ¡Cuánto disfrutará el señor blanco reajustándolo!

Un miedo indefinido recorrió al chico, aunque no entendió a qué se refería Cabra con lo del «reajuste». Sin ser consciente del todo de lo que hacía, golpeó a Cabra, pero en su estado de debilidad y cansancio el golpe fue tan flojo que, aunque le acertó en el hombro, la criatura ni siquiera lo notó y continuó hablando.

—¡Hiena, querido!

—¿Qué, cabeza de alcornoque?

—¿Puedes remontarte con la memoria lo suficiente...?

—¿Lo suficiente para qué? —gruñó Hiena, moviendo las suaves quijadas como un mecanismo de relojería.

—Lo suficientemente atrás, amorcito —susurró Cabra rascándose, con lo que el polvo brotó de su pellejo como humo que escapa de una chimenea—. Lo suficientemente atrás —repitió.

Hiena sacudió la melena con irritación.

—¿Lo suficientemente atrás para qué, cabeza de serrín?

—Para recordar esas largas estaciones, esas décadas, querido, esos siglos. ¿No te acuerdas? Antes de que fuéramos alterados..., cuando nuestros miembros no eran los de una bestia. Fuimos, mi dulce Hiena, en otro tiempo fuimos.

—¿Fuimos qué? Habla claro de una vez, maldito Cabra, o te quebraré como a una costilla.

—En otro tiempo fuimos diferentes. Tú no tenías melena en el lomo inclinado. Es muy hermosa, pero no la tenías. Y tus largos brazos.

—¿Qué les pasa?

—Bueno, no siempre fueron moteados, ¿no es así, querido?

Hiena escupió una nube de hueso pulverizado por entre la poderosa dentadura y, sin previo aviso, se abalanzó sobre su colega.

—¡Silencio! —gritó en un tono que en cualquier momento podía haber virado hacia el terrible aullido lastimero que, a su vez, podría haber liberado la diabólica risa del loco.

Erguido sobre Cabra, porque lo había derribado al suelo, y con un pie plantado sobre la criatura, gritó de nuevo:

—¡Silencio! No quiero recordar.

—Ni yo tampoco —replicó Cabra—. Pero el caso es que recuerdo pequeños detalles. Pequeños detalles curiosos. De antes de que cambiáramos.

—¡Silencio he dicho! —dijo Hiena, pero esta vez había un matiz casi pensativo en el tono de su voz.

—Me estás destrozando las costillas —protestó Cabra—. Ten un poco de compasión, querido. Eres demasiado salvaje con tus amigos. Ah… Gracias, cariño. Bendito seas, tienes una espléndida… Mira al chico.

—Tráelo aquí —dijo Hiena— y lo despellejaré.

—Está reservado para nuestro blanco señor —dijo Cabra—. Lo esposaré.

En efecto, el chico se había alejado, pero solo unas pocas varas. En cuanto Cabra lo tocó, cayó de rodillas como un árbol joven al talarlo.

—Recuerdo bastantes cosas —continuó Cabra, volviendo junto a Hiena—. Recuerdo cuando mi frente estaba limpia y era suave.

—¿Y a quién le importa? —gritó Hiena en un nuevo arrebato de mal genio—. ¿A quién le importa tu maldita frente?

—Y te diré algo más —añadió Cabra.

—¿Qué es?

—Sobre el chico.

—¿Qué le pasa?

—No debe morir antes de que el blanco señor lo vea. Míralo, Hiena. ¡No! ¡No! Hiena, querido, patearlo no ayudará. Quizá se está muriendo. Cógelo en brazos, Hiena. Tú eres el noble, tú eres el poderoso. Cógelo en brazos y galopa hacia las minas. Hacia las minas, precioso mío, mientras yo me adelanto.

—¿Para qué?

—Para prepararle la cena. Tendrá que comer y beber algo, ¿no?

Hiena le echó una mezquina mirada de reojo a Cabra antes de volverse hacia el chico caído en el suelo y, sin apenas inclinarse, lo alzó en sus brazos moteados como si fuera una pluma.

Y así partieron de nuevo. Cabra trató de llevar la delantera, pero no había tenido en cuenta las zancadas vigorosas de su rival, cuya voluminosa camisa ondeaba detrás. A veces uno u otro parecía flaquear, pero en general corrían uno junto al otro.

El muchacho estaba demasiado vencido por el agotamiento para entender lo que sucedía. Ni siquiera sabía que Hiena lo llevaba en los brazos extendidos como si fuera un sacrificio. Una ventaja de esto era que el hedor de la poderosa semibestia quedaba así algo mitigado, aunque es dudoso que el estado de postración del chico le permitiera apreciar esta mejora.

Las leguas se sucedían mientras corrían. El mar de arbustos que habían vadeado durante las últimas leguas dio paso a una gruesa pared de roca plateada sobre la que Hiena y Cabra corrieron como si formaran parte de una leyenda inmemorial, con sus sombras alargadas saltando junto a ellos, mientras el sol descendía en el cielo como un borrón de luz descolorida. Y de pronto, cuando la oscuridad empezaba a concentrarse, percibieron la primera señal de que el suelo descendía y de que habían alcanzado las grandes terrazas que llevaban a las minas. Y en efecto, allí estaba esa extensa congregación de antiguas chimeneas abandonadas, sus bordes centelleando a la luz de los primeros rayos de luna.

Al ver las chimeneas, Hiena y Cabra se detuvieron. Por qué lo hicieron no es difícil de adivinar, pues en aquel momento se encontraban tan en presencia del Cordero como si estuvieran frente a él. De allí en adelante, cualquier sonido, por débil que fuera, resonaría en los oídos de su señor.

Ambos sabían esto por amarga experiencia, porque, en los lejanos días del pasado, ellos, junto con otros medio hombres, habían cometido el error de hablarse en susurros, sin darse cuenta de que las grandes chimeneas absorbían hasta el menor sonido y, a través de muchas vueltas y revueltas, este descendía a las zonas centrales hasta llegar al lugar donde el Cordero, sentado muy tieso, aguzaba orejas y narices.

Maestros en el arte del lenguaje de signos y también en la lectura de labios, eligieron esta última, porque la posición colgandera de los blancos puños de Cabra le ocultaba los dedos. Frente a frente, mirándose a la cara, articularon las palabras en medio de un silencio sepulcral.

—Él sabe... que... estamos... aquí..., Hiena... querido.

—A... estas... alturas... puede... olernos.

—Y... al... chico.

—Por... supuesto..., por... supuesto. Se... me... está... revolviendo... el... estómago.

—Yo... me... adelantaré... con... el... chico... y... le... prepararé... la... cena... y... la... cama.

—Tú... no... harás... tal... cosa..., zoquete. Déjamelo... a... mí... o... te... aplastaré.

—Entonces... iré... solo.

—Por... supuesto..., saco... de... polvo.

—Esta... noche... hay... que... bañarlo... y... alimentarlo... y darle... agua. Tú... te... encargarás... de... eso..., ya... que... insistes. Yo... informaré... a nuestro amo. Oh..., mis verdes... entrañas..., mis entrañas... aterrorizadas.

Se volvieron y se separaron, y dejaron de mover los labios, pero al terminar la conversación cerraron la boca, y el Cordero, en su santuario, oyó el sonido del cese, un sonido parecido al de una telaraña que cae al suelo o a los pasos de un ratón sobre el musgo.

Así que Hiena siguió adelante solo, llevando al muchacho en los brazos extendidos, hasta que llegó al pie de un pozo enorme, más parecido a un abismo que a una construcción. Y allí, en el borde de ese gran pozo de oscuridad, se arrodilló y, juntando las manos horrendas, susurró:

—¡Salve, blanco señor de la medianoche!

Las seis palabras cayeron casi palpablemente por la garganta desprovista de hierbas y vida del pozo y los ecos bajaron resonando hacia las zonas inferiores hasta que, por fin, alcanzaron la órbita de recepción del Cordero.

—Soy Hiena, mi señor, Hiena, a quien rescatasteis del vacío superior; Hiena, quien vino a vos para amaros y serviros. ¡Salve!

—Creo que vienes acompañado, ¿no es así?

La vocecita vibró en la oscuridad; no tenía necesidad de alzarla. Como una aguja atravesando un tejido podrido, aquel sonido melifluo penetró en los rincones más lejanos del reino subterráneo. El eco de aquellas notas alcanzó las mazmorras situadas al oeste, donde, entre las vigas retorcidas y enrojecidas por el óxido, un ondulante mar de setas purpúreas, tan muertas como la tierra de la que una vez brotaron, cubría los suelos silenciosos. Una simple pisada habría bastado para convertirlas en una gran masa de polvo muerto e incoloro, pero hacía un siglo que ni un pie ni una ráfaga de aire, nada, pasaban por allí.

La voz del Cordero se extendió en todas direcciones... y volvió a hablar.

—Estoy esperando tu respuesta..., y también te espero a ti. —Entonces, con un delicado suspiro que sonó como el de una guadaña, añadió—: ¿Qué me habéis traído de allí donde brilla el abyecto sol? ¿Qué tenéis para vuestro señor? Aún estoy esperando.

—Tenemos un chico.

—¿Un chico?

—Un chico... intacto.

Hubo un largo silencio durante el cual a Hiena le pareció oír algo que nunca había oído: un latido lejano.

Pero la voz del Cordero era tan clara, dulce y fresca como un manantial, y sin emoción.

—¿Dónde está Cabra?

—Cabra me ha puesto todas las trabas posibles. ¿Puedo bajar, mi señor?

—Me parece que he dicho «¿Dónde está Cabra?». No me interesa si te ha puesto trabas o si se las has puesto tú. Lo que me interesa ahora es su paradero. ¡Espera! ¿Es posible que lo oiga en la galería meridional?

—Sí, amo —dijo Hiena.

Asomó tanto la cabeza y los hombros por el borde del abismo que cualquiera que no conociese su milagroso equilibrio para las alturas y su agilidad general en sitios oscuros y escarpados lo habría considerado peligroso.

—Sí, amo. Cabra está descendiendo por la escalera de hierro. Ha ido a preparar pan y agua para el muchacho. La criatura sin pelo se ha desmayado. Mi señor, no creo que queráis verla antes de que se lave, coma y descanse. Ni creo que queráis ver a Cabra, ese estúpido alcornoque. No le permitiré que os moleste.

—Estás extrañamente amable hoy —dijo la dulce voz en las profundidades—, así que estoy seguro de que harás lo que te diga, porque, de lo contrario, haré que te quemen la negra melena. Así que baja de una vez con tu exhausto amigo y lo calibraré. Ya puedo olerlo y debo decir que es como un soplo de aire fresco. ¿Estás ya de camino? No oigo nada.

El Cordero había descubierto sus dientes nacarados.

—¡Ya voy de camino…, amo…, de camino! —gritó Hiena, que temblaba de miedo, porque la voz del Cordero era como un cuchillo en una vaina de terciopelo—. Os lo llevaré ahora para que sea vuestro para siempre.

Todavía con los brazos y las piernas temblorosos, a pesar de su fortaleza, Hiena empezó a descender por el borde del pozo, donde una cadena brillaba débilmente a la luz de la luna.

Para dejar las dos manos libres y poder descolgarse por la cadena de hierro, Hiena se había echado al hombro al chico, que emitía gemidos lastimeros.

Pero a Hiena no le importaba, porque había reconocido una nota peculiar en la voz del Cordero. Hablaba con la misma horrible amabilidad, pero había una diferencia. Qué era exactamente lo que le había dado la impresión de que la voz se había alterado era imposible de saber, porque Hiena solo podía percibir el cambio, y lo que sentía sugería un fervor oculto.

¡Y menuda causa era! Cualquier otra criatura de menor calibre que el Cordero no habría sido capaz de controlar la horrenda intensidad de su entusiasmo.

Porque había pasado más de una década desde que el último visitante se había sentado a la mesa con él y visto los ojos velados del Cordero y, mientras miraba a su anfitrión, había sabido que le estaban absorbiendo el alma. Había muerto, como los demás, porque el cerebro escapó del cuerpo con demasiada brusquedad o porque el cuerpo saltó como una rana en busca del cerebro, y así se destrozaron y, como la maquinaria de las minas, se perdieron en el silencio y el vacío de la muerte.

Ni siquiera el Cordero sabía qué mantenía con vida a sus dos últimos subordinados. Algo en su naturaleza o en sus órganos proporcionaba a Hiena y a Cabra una cierta inmunidad física; algo que quizá tuviera que ver con su tosquedad general de alma y fibra. Habían sobrevivido a un centenar de bestias poderosas cuya metamorfosis, con el tiempo, había acabado destruyéndolas desde el interior. Hacía solo una edad, León se había derrumbado en una pantomima de poder: había inclinado la cabezota, con los ojos ambarinos anegados de lágrimas que descendían abriendo surcos en los pómulos dorados. Fue una caída terrible, pero misericordiosa, porque bajo la macabra égida del Cordero, el que una vez fuera rey de las bestias sufrió la degradación, y no existe nada más abyecto que desangrar el corazón del gran felino dorado gota a gota.

Se había derrumbado con un rugido que pareció traer la noche, como si fuera un telón, y cuando volvieron a encenderse las linternas, no quedaban de él sino la capa y el peto, y una daga brillante de estrellas, y, flotando como un aura en la indescriptible oscuridad de las bóvedas occidentales, la melena de la gran semibestia.

Y también estaba aquel hombre ágil y delicado. Cuando el Cordero le había palpado el rostro, había sabido al momento a pesar de su ceguera, por el tacto y por un estremecimiento en el aire, que era pura gacela. Pero había muerto un siglo después, en la cumbre de un salto exquisito, perdiendo el lustre de sus grandes ojos mientras caía...

Y habían existido el hombre mantis, el hombre cerdo y los perros, el cocodrilo, el cuervo y ese pez desproporcionado que cantaba como un pardillo. Pero todos habían muerto en un estadio u otro de la transmutación, por falta de algún ingrediente, por algo indispensable para la supervivencia que, por alguna oscura razón, Hiena y Cabra poseían.

Era una fuente de desazón para el Cordero que, de todas las criaturas que habían pasado por sus manecitas níveas, criaturas de todos los tamaños, formas e intelectos, solo le quedaran un par de casi idiotas: Hiena, cobarde y abusón, y el adulador Cabra. Hubo un tiempo en que su bóveda secreta, con alfombras lujosas, candelabros dorados, matraces de jade en los que se quemaba el incienso y colgaduras carmesíes que las lejanas corrientes ascendentes de los respiraderos agitaban con ligereza..., hubo un tiempo en que el santuario rebosaba de hierofantes, quienes, deslumbrados ante la visión de semejante lugar, atisbaban por encima del hombro de sus inmediatos (hombros peludos, hombros con cerdas, hombros de piel desnuda, hombros de escamas y plumas) para ver a su señor, mientras él, el Cordero, el creador, por así decirlo, de un nuevo reino, una nueva especie, ocupaba su lugar en el trono de respaldo alto, con la opaca membrana azul cubriéndole los ojos, el pecho suntuoso de suaves rizos sin parangón, las manos cruzadas, los labios apenas teñidos con el malva más sutil y, ciñéndole la cabeza en raras ocasiones, una corona de huesos elegantes, exquisitamente entrelazados, blanqueados hasta obtener una albura que rivalizaba con la lana que lo vestía.

Esa corona se había labrado con los finos huesos de un armiño. De hecho, parecía que algo de la vitalidad terrible y veleidosa del armiño había permanecido en el tuétano de la estructura de filigrana, porque cuando el Cordero descubrió, en el diabólico infierno de su corazón, su atroz capacidad de mantener a una víctima clavada en el suelo, de manera que la sangre de la criatura ansiara la destrucción a manos de su torturador mientras el corazón le latía desbocado contra su voluntad, comprendió que él era como el cimbreante armiño, con su porte erguido y su beso de la muerte en la yugular.

Y Cabra lo había visto en el Cordero, y también Hiena. Ese cimbreo hipnotizador, esa espalda erguida. Todo menos el beso de la muerte. Todo menos la yugular. Porque al Cordero blanco no le interesaban los cadáveres (aunque llenaban la oscuridad con sus huesos), sino los juguetes.

Y lo único que le había quedado eran Hiena y Cabra. Sin embargo, aún tenía una corte. Aún era el señor de las minas, aunque había pasado un lapso enorme desde la última vez que había lucido la corona, porque había perdido la esperanza de encontrar nuevas víctimas.

Año tras año, década tras década, nada se había movido, nada se había agitado en aquel mundo subterráneo de silencio y muerte, ni siquiera el polvo. Nada salvo, de tanto en tanto, las voces de Hiena o Cabra cuando venían a informarlo, al final del día, del resultado de su búsqueda. Búsqueda, sí, ¡búsqueda infructuosa! Aquella era la carga de sus vidas. Aquel era su propósito. Encontrar otro humano, porque el Cordero ansiaba que su talento floreciera de nuevo. Porque era como un pianista maniatado delante del teclado. O un *gourmet* famélico capaz de ver una mesa llena de delicias, pero no de alcanzarla.

Pero todo eso había terminado y, aunque el Cordero no había hecho ningún signo, y aunque su voz era tan suave y ecuánime como aceite sobre el agua, una exquisita aprensión, terrible en su intensidad, lo consumía.

El Cordero oía dos sonidos: uno procedente de la chimenea gigantesca del lado norte y el otro una legua más allá, hacia el este, mucho más débil, pero perfectamente claro..., una especie de arrastrar de pies obsequioso.

El primer ruido era sin duda más inmediato y procedía, como es obvio, del pozo cercano por el que Hiena se descolgaba en la oscuridad, eslabón a eslabón, con el chico sobre sus hirsutos hombros. Mientras descendía, tres sonidos lo precedían: el rechinar de los eslabones de hierro, un lento jadeo en el amplio pecho de la bestia y la masticación de huesos pequeños.

El Cordero, solo en su santuario, excepto por el ruido en aumento de su secuaz, esperaba muy erguido en su trono. Aunque sus ojos estaban velados y ciegos, todo su rostro comunicaba una curiosa vigilancia. No inclinaba la cabeza hacia un lado ni aguzaba las orejas; no había agitación visible ni tensión y sin embargo, nunca hubo criatura más alerta, más abyecta, más rapaz. El frío terror regresaba al santuario: el palpitante horror de la voluntad, porque el aroma que llegaba a las narices del Cordero se había hecho más específico. El rango de olores se había estrechado y ya no había lugar para la conjetura respecto a lo que el Cordero pronto estaría palpando con su suave y blanca mano. Estaría tocando nada menos que carne enteramente humana.

Aún no podía precisar sutilezas como la edad del cautivo, porque los vapores del hierro que exhalaba la larga cadena lo envolvían, así como el olor de la tierra a través de la que se había excavado el pozo, por no hablar de los indescriptibles efluvios de la Hiena y un centenar más de emanaciones.

Pero con cada vara de descenso los distintos olores se separaban unos de otros, y llegó el momento en que el Cordero supo con absoluta certeza que lo que había en el pozo era un chico.

Un chico en el pozo. Un muchacho de la otra región... se acercaba... descendía... Solo eso bastaba para provocar que las vigas mismas de las minas se retorcieran y derramaran la arena roja del óxido. Bastaba para iniciar ecos fascinantes..., ecos sin parangón. Ecos que gritaban como demonios, ecos sueltos como orejas entre las sombras, ecos de consternación, ecos delirantes, ecos bárbaros, ecos exultantes.

Porque el mundo había abandonado las minas y el tiempo las había olvidado; y sin embargo, ahí estaba otra vez el mundo: el globo terráqueo en un microcosmos. Un humano, un chico... Algo que quebrar... o que aplastar como si fuera arcilla... para luego volver a construirlo.

Entretanto, mientras pasaba el tiempo y Hiena y el muchacho se acercaban cada vez más a la bóveda suntuosa que tenían debajo, donde el Cordero esperaba sentado e inmóvil como una talla de mármol, a excepción del aleteo de sus narices dilatadas, Cabra, lejos, al oeste, había alcanzado el fondo vacío y amplio de las minas y avanzaba arrastrando los pies con esos espantosos andares de lado suyos, el hombro izquierdo siempre adelantado al resto del cuerpo. Y mientras avanzaba furtivamente iba murmurando para sí, pues se sentía agraviado. ¿Qué derecho tenía Hiena a llevarse todo el mérito? ¿Por qué tenía que ser Hiena quien hiciera la presentación? Tenía que haber sido él, Cabra, quien había encontrado al humano. Era una amarga injusticia. Una ira ardiente le quemaba como carbón encendido bajo las costillas. Los puños de su chaqueta se agitaban y mostraba sus dientes como lápidas en algo que podía interpretarse como una sonrisa o una amenaza.

De hecho, era una señal de frustración y odio, un odio irritado, porque aquel momento no volvería a darse nunca más, un momento de tan radical importancia para los tres que la rivalidad por ganarse el favor debería haber quedado excluida.

¿Acaso no podían haberse presentado juntos ante su emperador, el Cordero? ¿Acaso no podían haber sostenido al prisionero cada uno por un brazo y haberse inclinado juntos y habérselo ofrecido juntos? Era una patente injusticia. Cabra se palmeó los costados con enfado y un asqueroso sudor le chorreó por la cara larga, por las cerdas mojadas a través de las que sus ojos amarillos brillaban como pálidas monedas.

Tan convencido estaba de todo esto que, de manera inconsciente, empezó a considerar al chico casi como a un compañero de fatigas, alguien que, debido a su odio por Hiena (y esto había sido evidente desde el primer momento) se había convertido automáticamente y por pura represalia en un aliado.

Pero en su situación de alejamiento poco podía hacer él, como no fuera ponerse en camino hacia la bóveda por algún atajo y, después, en sus aposentos fríos y húmedos, preparar su propia cama para el chico y aliviar su hambre y su sed con agua y pan rancio. Así, le mandaría a Hiena un mensaje que le sentaría como una bofetada en la cara.

Era evidente que la necesidad de descanso y alimento del muchacho primaba sobre cualquier otro factor, porque ¿qué posible ventaja podía haber en que el Cordero viera aquello que había estado esperando durante tantos años en un estado de postración?

Lo razonable era que deseara una presa alerta y consciente, y Cabra planeaba llamar la atención del mismísimo Cordero sobre este punto.

Por tanto, era de especial relevancia que alcanzara lo antes posible el santuario del Cordero, y echó a correr como nunca había corrido.

A cada lado de la criatura, encima y, en ocasiones, debajo, los restos ruinosos de las estructuras de hierro extendían sus extravagantes brazos subterráneos. Enroscadas en retorcidas escaleras que no llevaban a ninguna parte o describiendo bucles gigantescos, aquellas reliquias de otra edad desplegaban sus fantasías de hierro mientras Cabra seguía cubriendo terreno a una velocidad antinatural.

Estaba muy oscuro, pero conocía el camino desde hacía tiempo y no rozó ni uno de los cascotes diseminados por el suelo. Lo conocía como el indio conoce el sendero secreto que atraviesa el bosque y, como el indio, era ajeno a las grandes espesuras que lo flanqueaban.

Llegó al punto en el que el suelo descendía en una pendiente suave, y Cabra, que seguía corriendo de lado como si lo persiguiera el diablo, se encontró en la periferia de la ruina central en la que el Cordero blanco, sentado en su bóveda, aguardaba.

Aquella escalada puso a prueba incluso los formidables músculos de Hiena, pero ya se encontraba a menos de una docena de pies del suelo del subterráneo, donde el menor sonido se amplificaba y los ecos se propagaban de un muro a otro.

El chico había recuperado ya la consciencia. La cabeza se le había aclarado, pero el hambre era más aguda que nunca y sentía los miembros como gelatina.

Un par de veces se había incorporado un poco sobre los hombros de la semibestia, pero había vuelto a caer por falta de fuerza sobre la melena, áspera y espesa por mucho que Hiena la aceitara.

No bien alcanzó el suelo, Hiena le dio la espalda a la cadena oscilante y fijó la vista en el muro exterior de la sala abovedada. De haber mirado hacia arriba por la abertura del antiquísimo pozo minero, habría visto (porque tenía la vista aguda de un águila) un alfilerazo del color de la sangre en la oscuridad. Esa mota carmesí era todo lo que podía verse del crepúsculo. Pero Hiena no estaba interesado en mirar cabezas de alfiler carmesíes en lo alto, sino en el hecho de que se encontraba ya a menos de cien pies del Cordero.

Sabía que su hermético señor lo oiría hasta respirar, y estaba a punto de dar la primera zancada adelante cuando, a su izquierda, se oyó un revuelo de pasos apresurados y una criatura polvorienta vestida con un abrigo negro se unió derrapando a la escena, y solo se detuvo cuando estuvo a menos de una vara de su irritable colega. Porque, por supuesto, era Cabra, el de la cabeza polvorienta, quien, para sorpresa de Hiena, lucía una sonrisa en la cara, una sonrisa de verdad y no un simple alarde de dientes. No tardó mucho en conocer el motivo, y de no haber sido porque cualquier ruido que se hacía sonaba con total claridad en los oídos del Cordero, no hay duda de que Cabra habría sido salvajemente atacado, si no asesinado, por el despiadado Hiena.

Porque, durante la última parte de su solitaria carrera a través de vigas y galerías, Cabra había tenido una idea nacida de su odio hacia Hiena, que tan cruelmente le había arrebatado la oportunidad de oro de complacer al Cordero.

Aunque ignoraba el significado de la sonrisa de Cabra, Hiena sabía que no auguraba nada bueno, fuera lo que fuese, y tembló de rabia reprimida al tiempo que le echaba a su despojado enemigo una mirada letal.

Hiena dejó resbalar de su hombro al chico, que cayó al suelo, y, mediante el lenguaje de los sordomudos (porque el menor susurro habría restallado como el chasquido y el siseo de un incendio forestal a oídos del Cordero), le explicó con rápidos signos a Cabra que se proponía acuchillarlo hasta la muerte a la menor oportunidad.

A su vez, Cabra, que articulaba las palabras sílaba a sílaba con los labios amoratados, le aconsejó a su enemigo con un terrible improperio que no hiciera tal cosa y, para asombro de Hiena, se volvió hacia los muros exteriores del santuario y elevó la voz harinosa.

—Señor emperador y Cordero eternamente rutilante —dijo—. ¡Oh, vos, por quien nosotros vivimos, respiramos y somos! Sol de nuestra oscuridad interior, escuchad a vuestro esclavo. ¡Porque lo he encontrado!

Se oyó un súbito sonido estrangulado, como un rechinar, como si Hiena, al levantar la cabeza larga y esbelta, hubiese tensado, por así decirlo, una cadena invisible. La sangre se le había agolpado en la cabeza y tenía un brillo rojo en la mirada.

El Cordero no dijo nada, de modo que Cabra continuó.

—Lo encontré en las llanuras polvorientas. Allí lo sometí, lo postré de rodillas, le quité la daga que llevaba al cinto y la arrojé lejos, donde se hundió en el polvo como una piedra se hunde en el agua; lo até y lo traje hasta la entrada de las minas. Y allí, holgazaneando al sol, me encontré a Hiena. El musculoso Hiena, el infame Hiena…

—¡Mentiras! ¡Mentiras! ¡Cabeza de alcornoque baboso! ¡Todo es mentira, mi señor! Él ni siquiera…

De la oscuridad emergió un balido suave, un sonido dulce como abril.

—Silencio, mis niños. ¿Dónde está el joven humano?

Cuando Hiena estaba a punto de decirle al Cordero que el chico estaba tendido a sus pies, Cabra se le adelantó con la respuesta.

—Aquí lo tenemos, señor, postrado en la tierra. Sugiero que se le proporcione alimento y agua, y que después se le permita dormir. Le prepararé mi cama, si os parece bien. El sofá de Hiena está cochambroso y lleno de cerdas y pelos de sus brazos rayados, y blanco del polvo de los huesos que masca. El muchacho no podría dormir en un lugar así. Ni tampoco tiene Hiena pan que darle. Es tan brutal, mi señor de marfil, tan indeciblemente vil...

Pero Cabra había ido demasiado lejos y de pronto se encontró de espaldas en el suelo. Sobre él se cernía la oscuridad temblorosa y febril del musculoso Hiena. Sus mandíbulas, abiertas al máximo de su capacidad, descubrían un mundo carmesí contenido por murallas de dientes que, cuando estaban por cerrarse con un chasquido como de disparo, quedaron en suspenso en el aire ante aquella voz aflautada, porque el Cordero hablaba de nuevo.

—Traedme al joven para que pueda tocarle la sien. ¿Está inconsciente?

Hiena se arrodilló y miró al chico, e hizo un gesto afirmativo con la cabeza. Aún no se había recuperado de las maquinaciones de Cabra ni del acceso de furia que acababa de soportar.

El chico, que estaba del todo despierto, sintió un incremento de la náusea y su intuición le dijo que, por encima de todo, en aquel momento debía simular que estaba inconsciente o muerto, y cuando Cabra se inclinó sobre él para inspeccionarlo, contuvo el aliento durante veinte largos segundos.

La proximidad de Cabra era desagradable, pero por fin la criatura se alzó y dijo con voz suave en la oscuridad:

—Insensible, oh, Cordero, insensible como mi pezuña córnea.

—Traédmelo entonces, mis pequeños adversarios, y olvidad vuestras disputas mezquinas. No sois vosotros ni vuestros sonidos lo que me interesa, sino el joven humano. Soy muy viejo y siento que la juventud de él se opone a mí; y soy muy joven, de manera que lo siento cercano a mi alma. Traédmelo ahora, antes de lavarlo, vestirlo y proporcionarle comida y sueño. Traédmelo, porque mi dedo ansía...

Y de pronto brotó de la garganta del Cordero un grito tan estridente que, de haber estado Hiena o Cabra mirando al chico, no habrían pasado por alto que se sobresaltaba como si lo hubieran pinchado con una aguja. Era un grito tan dolorosamente agudo y tan inesperado que Hiena y Cabra se acercaron el uno al otro a pesar de su odio mutuo. Nunca en las largas décadas pasadas habían oído a su señor emitir semejante sonido. Era como si, a pesar de su dominio de sí mismo, el Cordero no fuera capaz de controlar la presión emocional que le llenaba el cuerpo blanco como la leche, y por eso aquel chorro de voz había brotado en la oscuridad.

Pasó mucho tiempo hasta que los agudísimos ecos de aquel grito se extinguieron y el profundo silencio se impuso de nuevo.

Pero el grito no solo había sido agudo y súbito: entrañaba algo más. No era una mera cuestión de pulmones o de cuerdas vocales: brotaba del pozo de maldad más profundo como punta de lanza, como heraldo de una amenaza terrible. Todo lo que el Cordero había ocultado durante largos siglos había salido de la oscuridad a la luz con aquel grito.

Sin embargo, exteriormente el Cordero parecía el mismo y se sentaba si acaso más erguido que nunca, con la única diferencia de que las pequeñas manos níveas ya no estaban cruzadas: las había levantado a la altura de los hombros en un gesto casi de súplica, o como una madre que sostiene en alto a un hijo invisible. Los dedos índices, curvados un poco hacia el interior, sugerían, sin embargo, alguna clase de seña.

Había inclinado ligeramente hacia atrás la cabeza y parecía que en cualquier momento se lanzaría hacia delante como una cobra. Los ojos velados, con su mortecina opacidad azul, casi parecían ver a través de la membrana. Hiena y Cabra se acercaron sujetando al muchacho por los codos.

Poco a poco se aproximaron al Cordero, hasta que llegaron al muro que rodeaba el santísimo interior, y cuando solo estaban a unos pasos de los pesados cortinajes de la entrada oyeron un balido débil y distante que hablaba de inocencia o del amor en los pastos del dulce abril.

Ese sí era un sonido que conocían (Hiena y Cabra), y se estremecieron, porque había en él tanto amor como el que se encontraría en la lengua de un vampiro.

—Una vez que le recorra la frente con el dedo y que lo deslice después por el perfil hasta la barbilla —dijo la voz meliflua—, lleváoslo y dadle de comer, y que duerma. Huelo su fatiga. Si alguno de vosotros lo perdiera en las minas —continuó la voz ligera como el canto de un pájaro— haré que os devoréis mutuamente.

Bajo su melena, Hiena se puso tan blanco como los huesos que roía, y Cabra se vio sacudido por un súbito acceso de náuseas.

—Entrad, queridos míos, y traed vuestro tesoro con vosotros.

—Ya voy, señor. ¡Ya voy, oh, mi emperador! —gritó Hiena con voz ronca.

—Yo lo encontré para vos —recordó Cabra, para no ser menos.

Cuando franquearon las cortinas, el chico no pudo resistir la tentación y entreabrió apenas una rendija los ojos para atisbar a través de las pestañas. Fue solo un instante y cerró los ojos de nuevo, pero en ese breve lapso pudo ver que la morada del Cordero blanco estaba iluminada por incontables velas.

—¿Por qué me hacéis esperar, caballeros? —Los acentos anormalmente dulces descendían flotando de las alturas, porque el sitial en el que se sentaba el Cordero era un trasto esculpido bastante más alto de lo habitual—. ¿Debo ordenaros que os tendáis en el suelo y sufráis? Vamos, vamos, ¿dónde está? Traedme al mortal.

Fue entonces cuando el chico pasó por su infierno más oscuro: el dolor que notaba en el cuerpo, a pesar de su intensidad, quedó olvidado o despachado de algún modo, porque se sintió invadido por un dolor incorpóreo, un padecimiento tan penetrante, tan terrible, que, de habérsele dado la oportunidad de morir, la habría aceptado. Ninguna sensación normal podría abrirse paso por la náusea abrumadora del alma que lo llenaba.

Porque estaba cada vez más cerca de un aura helada que flotaba en torno al rostro del Cordero. Un aura como la muerte, gélida y espantosa y, no obstante, también de una vitalidad febril y terrible; sin embargo, todo ello quedaba contenido en el perfil del inescrutable semblante del Cordero, porque, incluso cuando este había gritado, el rostro había permanecido inmóvil, como si la voz y la cabeza fueran extrañas una para la otra.

Ese largo rostro, con su vibración y sus emanaciones heladas, estaba muy cerca del muchacho, que no se atrevió a levantar la vista aunque sabía que el Cordero era ciego. Y llegó el momento en que el meñique izquierdo del Cordero se movió hacia delante como una corta oruga blanca y, suspendido durante unos instantes cerca de la frente de la víctima, finalmente descendió, y el chico sintió un tacto en la frente que hizo que el corazón se le subiera a la garganta.

Porque el dedo del Cordero pareció adherirse a la sien como la ventosa de un pulpo, y cuando el dedo siguió el perfil desde la línea de nacimiento del cabello hasta la barbilla, dejó detrás un rastro o una estela tan fría que el ceño se le contrajo de dolor.

Y esa leve exploración fue suficiente para revelarle al Cordero lo que deseaba saber. Con un solo barrido del dedo había descubierto que en la oscuridad que tenía delante había una cosa de valor, una cosa joven y con estilo, algo precioso, un mortal no brutalizado.

El efecto en el núcleo del sistema del Cordero debió de ser tremendo, porque, si bien externamente no se apreció excitación en el modo en que se puso de pie y alzó el rostro ciego a la oscuridad de las alturas, en el mismo instante en que apartó el dedo de la barbilla del muchacho una especie de fiebre ávida e intensa se le extendió bajo la lana, y los rizos blancos como la leche parecieron cuajarse en un sonrojo de pies a cabeza.

—Lleváoslo enseguida —murmuró—, y cuando ese coma lo abandone, y cuando esté alimentado y fuerte otra vez, traédmelo de nuevo. Porque él es lo que vuestro señor blanco estaba esperando. Sus huesos piden a gritos que los realineen; su carne, que la remodelen; su corazón, marchitarse, y su alma, recibir el alimento del miedo.

El Cordero todavía estaba de pie. Alzó los brazos a los lados como un oráculo. Las manos revoloteaban al final de los mismos como pequeñas palomas blancas.

—Lleváoslo. Preparad un banquete. Mi corona, la cubertería de oro. Los frascos de veneno y los vapores; las guirnaldas de hiedra y las bisagras ensangrentadas; las cadenas, el cuenco de ortigas, las especias, los cestos de hierba fresca; las calaveras y espinazos, las costillas y los omóplatos. No olvidéis nada o por mis cuencas ciegas que os arrancaré el corazón. Lleváoslo...

Sin esperar un momento, Hiena y Cabra retrocedieron torpemente hasta salir de la bóveda iluminada por las velas, y los pesados cortinajes cayeron de nuevo y cerraron el lugar.

Como de costumbre al concluir una sesión con su espantoso amo, las dos semibestias estuvieron un ratito abrazadas después de que los cortinajes se cerraran, y la cercanía de sus cuerpos rancios era casi más de lo que el chico podía soportar, porque estaba encajado entre los dos. Por el momento, sus disputas intestinas habían quedado olvidadas a causa de la temerosa expectativa, porque ellos habían de ser testigos de la transformación. Juntos metieron al muchacho en la cama (si un sofá mohoso puede llamarse cama) y lo alimentaron con pan machacado en agua que pusieron en una lata vieja. Había algo casi enternecedor en el modo en que miraban cómo levantaba la cabeza para acercarla a la cuchara de madera. La concentración de ambos era casi infantil.

Un momento antes de quedarse dormido, el chico miró a sus extrañas niñeras y le vino a la cabeza como un rayo el pensamiento de que, si era necesario, sería más listo que ellos.

Entonces se dio media vuelta y cayó en un letargo pesado y sin sueños, mientras Cabra, sentado junto al chico, se rascaba sin cesar la polvorienta cabeza y Hiena, con un cúbito entre los dientes, masticaba en la oscuridad.

Tras alrededor de cinco horas velando al muchacho, que dormía como si le hubieran inyectado el sueño en vena, los dos vigilantes se levantaron y fueron hasta la bóveda alumbrada con velas. Como no hubo respuesta a la pregunta de Hiena sobre si podían pasar o no, entreabrieron la cortina y miraron dentro. Al principio no pudieron ver nada. Los lomos de los libros que llenaban una de las paredes centelleaban en la jactanciosa luz. La suntuosa alfombra roja inundaba el suelo, pero el alto sitial se encontraba vacío. ¿Dónde estaba el Cordero?

De pronto lo vieron y lo reconocieron con un sobresalto. Estaba de espaldas a ellos y tal era el capricho de la luz que, allí donde estaba, quedaba fuera del alcance de dos grupos de velas y era casi invisible. Pero al rato se movió un poco hacia el oeste y le vieron las manos.

Y sin embargo, al mismo tiempo, no se las vieron, porque se movían a tal velocidad una alrededor de la otra, rodeándose, separándose, enlazando y entrelazando sus diez dedos fantásticos en un delirio tal de movimiento que no podía verse nada salvo un borrón opalescente de luz que unas veces subía, otras bajaba y otras flotaba como una niebla a la altura del pecho del Cordero blanco. ¿Qué ocurría? ¿Qué estaba haciendo? Hiena le echó una mirada de reojo a su compañero, pero no encontró allí esclarecimiento. ¿Cómo iban a saber que la magnitud de las fermentaciones en el cerebro del Cordero era tal que no habría podido soportarlas sin la ayuda del cuerpo? Porque llega un momento en que el cerebro, destellando a través de una constelación de conjetura, corre el peligro de perderse en mundos de los que no hay retorno. Y por eso el cuerpo, en su sabiduría, vuela a su lado, preparado gracias a su rapidez para forcejear con las deslumbrantes circunvoluciones del cerebro si es preciso. Eso era lo que Hiena y Cabra estaban presenciando: el estímulo intelectual que el chico había despertado en el Cordero era de ese orden, de modo que, a medida que aumentaba en intensidad, los pequeños dedos blancos, para estar a la altura, mantenían intuitivamente la locura a raya mediante su rapidez y agilidad.

Todo eso era incomprensible para los dos observadores asomados al cortinaje, pero eso no significa que fueran tan lerdos como para no darse cuenta de que aquel no era un buen momento para molestar a su señor. Qué era lo que estaba haciendo lo ignoraban, pero sabían lo suficiente para comprender que era algo muy por encima de la esfera vulgar que ellos ocupaban. Así que se retiraron con todo el sigilo que pudieron y fueron a ocuparse de las cocinas de medianoche, la armería, las cestas de hierba fresca y de todo lo demás propio del banquete. Y aunque tenían muchas horas por delante, empezaron a lustrar la bandeja de oro, la corona y los omóplatos.

Para entonces, el Cordero, que había dominado la velocidad de su pensamiento, había juntado las manos como en oración y se había envuelto en un manto negro.

El muchacho dormía… y seguía durmiendo… Las horas fueron pasando lentamente y el silencio de las grandes minas subterráneas se convirtió en un ruido en sí mismo, una especie de zumbido como de abejas en un árbol hueco. Pero cuando Cabra y Hiena se sentaron al fin para descansar de sus quehaceres y miraron al mortal dormido, el chico despertó y lo primero que oyó fue a Hiena, que se despabiló y escupió una nube de polvo de hueso blanco. Acto seguido, volvió la cara, miró con desagrado a su cómplice y, sin motivo aparente, tendió el largo brazo moteado y lo dejó caer con ganas sobre la cabeza de su compañero.

Ese porrazo, que habría matado a un hombre, solo sacudió brutalmente a Cabra, que, para protegerse de la posibilidad de que Hiena repitiera el ataque, mostró los dientes en una sonrisa congraciadora y bestial; aunque hay que decir que la sonrisa quedó un tanto oscurecida por las hinchadas nubes de polvo que subían de la cabeza de Cabra.

El chico entreabrió los ojos y vio a Hiena justo encima.

—¿Por qué me has golpeado, Hiena, querido?

—Porque me ha dado la gana.

—Ah…

—Detesto tus labios flácidos y amoratados…

—Ah…

—Y tu barriga velluda…

—Lamento que te desagraden, querido.

—¡Escucha!

—Sí, amor mío.

—Me pregunto en qué lo convertirá el Cordero. ¿Tú qué dices, eh, alcornoque? ¿Qué será?

—Oh, querido Hiena, ¿quieres que te diga lo que creo?

—¿Qué?

—¡Una liebre!

—¡No! ¡No! ¡No!

—¿Por qué no, amorcito?

—¡Silencio, idiota! ¡Un gallo!

—Ay, no, querido.

—¿Cómo te atreves a disentir? ¡He dicho un gallo!

—¿Y un conejo?

—¡No! ¡No! ¡No!

—¿Una marsopa, tal vez? El chico tiene una piel tan suave…

—Tú también la tenías antes de que brotaran las cerdas. Construirá un gallo ardoroso con sus huesos.

—Nuestro señor el Cordero lo sabrá.

—Nuestro señor lo bestializará.

—Y entonces seremos tres.

—¡Cuatro, idiota, cuatro!

—¿Pero el Cordero…?

—Él no es uno de nosotros. Él es…

—«Él no es uno de nosotros»…

¿De quién era esa voz? ¿De quién? ¡No era la de ellos ni tampoco la del Cordero!

Las dos semibestias se pusieron en pie de un salto y miraron alrededor, hasta que al fin posaron la vista en el muchacho. Tenía los ojos bien abiertos, y en la penumbra parecía que estaban tan alerta y vigilantes como los de un rastreador. No se le movía ni un músculo de la cara, pero en su estómago se agitaba una temerosa aprensión.

Desde el principio, cuando Cabra lo abordó, el chico había ido recogiendo fragmentos que, una vez unidos, formaban un cuadro terrible y repugnante. Aquel lugar atroz rezumaba un horror peculiar, pero él ya sabía que solo era el decorado para un crimen nefando. Las frases sueltas, una palabra aquí, una exclamación allá, todo dejaba absolutamente claro que él iba a ser sacrificado.

Sin embargo, el corazón del chico guardaba una lasca de granito en su interior, algo obstinado. Y también guardaba algo en la cabeza: un cerebro.

Es difícil para el cerebro funcionar hábilmente cuando se tienen las manos sudorosas y el estómago revuelto por el miedo y la náusea. Pero, con una concentración intensa y feroz, el chico repitió:

—Él no es uno de nosotros.

Hiena había retraído los labios para revelar los poderosos dientes en un gruñido perplejo. El potente cuerpo parecía vibrar bajo la voluminosa camisa blanca. Las manos se agarraban como trabadas en combate mortal.

En cuanto a Cabra, se acercó de lado a su colega y miró al muchacho con ojos del color de la peladura del limón.

—¿Uno de nosotros? La idea es absurda, caballeros. Sabemos bien que no debemos confiar en ese cordero balador.

El chico se acercó a la pareja con el índice en los labios, y cuando estuvo casi tocándolos, empezó a articular las palabras en absoluto silencio.

—Tengo grandes nuevas para vosotros —dijo—. Mirad mi boca con atención. ¡Sin duda entonces seréis reyes! Porque sois unos personajes, caballeros, personajes por derecho propio. Tenéis cerebro, tenéis músculos, tenéis recursos y, lo más importante, tenéis la voluntad de conseguir…

—¿La voluntad de conseguir qué? —preguntó Hiena, y escupió una rótula que se deslizó por el aire como una moneda y se perdió en la oscuridad.

—La voluntad de conseguir vuestra libertad. Vuestra libertad para ser reyes… —dijo el chico—. Ah, y os será muy útil, caballeros.

—¿El qué lo será? —preguntó Cabra.

—Caramba, pues vuestra belleza, por supuesto.

Se hizo un largo silencio durante el cual las dos bestias miraron con desconfianza al chico, los ojos iluminados por una luz repugnante.

El chico se puso de pie.

—Sí, sois muy hermosos —repitió—. Mirad vuestros brazos, moteados y largos como remos. Mirad vuestra espalda inclinada. Es como una tormenta, que sube a medida que crece. Mirad vuestras mandíbulas afeitadas, fuertes como la muerte, y vuestro largo hocico… ¡Oh, caballeros! ¿Acaso no son seductores? Mirad vuestra camisa espumosa y vuestra melena de medianoche. Mirad…

—¿Por qué no mirarme a mí? —intervino Cabra—. ¿Qué me dices de mis ojos amarillos?

—Al infierno con tus ojos amarillos —articuló Hiena, salvajemente mientras se volvía hacia el muchacho—. ¿Qué es lo que has dicho sobre reyes?

—Cada cosa a su tiempo —dijo el chico—. Debéis ser pacientes. Este es un día de esperanza y de venganza violenta. No me interrumpáis. Soy un heraldo de otro mundo. Os traigo palabras doradas. ¡Escuchadme! En el lugar de donde vengo no existe el miedo, pero está el rugido, y el bramido, y el crujir de huesos. Y a veces hay silencio cuando, repantingados en vuestros tronos, recibís la adoración de vuestros esclavos.

Hiena y Cabra miraron por encima del hombro hacia los cortinajes de la entrada del santuario del Cordero. Era evidente que estaban abochornados. Pero los invadía el entusiasmo y eran serviles, aunque ignoraban el significado de lo que el chico les decía.

—¡Menudo lugar para vivir! Este es un agujero para gusanos, no para los hijos del hombre. Pero incluso los gusanos, los murciélagos y las arañas evitan este lugar. Porque este es hogar de aduladores y esclavos. Yo os hablo de un lugar libre, un lugar espléndido, un lugar donde vos, señor —se volvió hacia Cabra—, podéis enterrar vuestra espléndida cabeza en suave polvo blanco, y donde vos —se volvió hacia Hiena— podéis cortar una porra, sí, y utilizarla también. Y, ¡ah!, los huesos llenos de tuétano para vuestras feroces mandíbulas, ¡un mar de tuétano! Y he venido a buscaros.

De nuevo las dos bestias excitadas miraron por encima del hombro hacia donde, tras los cortinajes, el Cordero estaba sentado como una talla blanca, a excepción del velo mortecino que le cubría los ojos.

Pero los hábitos de muchos años no se rompen tan fácilmente, y no fue hasta que el muchacho hubo entrado en detalle acerca del lugar al que se proponía llevarlos, y dónde vivirían, y la forma de sus tronos dorados, y el número de esclavos y un centenar de cosas más, que se atrevieron a mencionar al Cordero; y eso solo porque el chico, sin que ellos lo supieran, los había atrapado en una confesión de miedo. No les había dado ni un segundo para que se recuperasen, sino que había forzado al cerebro de las criaturas a correr de una afirmación a otra, de una pregunta a otra, hasta que, aparte de dejarlos impresionados con su retórica, despertó en su cuerpo la úlcera de la insurrección; porque ambos habían sido sometidos por el Cordero a un gran terror, y solo el terror los retenía.

—Caballeros —dijo el chico—, vosotros podéis ayudarme y yo puedo ayudaros. Puedo daros poder a la luz del sol. Puedo daros desiertos y verdes prados. Puedo devolveros lo que una vez fue vuestro, antes de que él adulterara vuestro derecho natural. En cuanto a lo que vosotros podéis darme... ¿Queréis que os lo diga?

Hiena se adelantó hacia el chico y su lomo empinado pareció más horrible que nunca. Cuando estaba muy cerca, acercó su larga cabeza afeitada a la del muchacho, que pudo verse reflejado en el ojo izquierdo de la bestia, y vio en el reflejo que estaba temblando de miedo.

—¿Qué podemos darte? —vocalizó Hiena.

Y, rápido como un eco, Cabra dijo:

—¿Qué es, querido? Díselo a tus...

No llegó a terminar la frase porque el aire se llenó de la voz del Cordero y, al volver los tres oyentes la cabeza en dirección a los cortinajes, vieron que estos se separaban y que algo salía trotando de allí, algo de una blancura sobrenatural.

El prolongado balido le había erizado las cerdas del lomo y del dorso de los brazos a Hiena y Cabra se había quedado petrificado. Habían captado algo en esa nota aparentemente inocente, algo que carecía de significado para el chico porque él no había experimentado el dolor que siempre la seguía. Pero para Cabra y Hiena era muy distinto. Tenían recuerdos. Sabían lo que era.

Pero una cosa sí comprendió el chico, y es que aquellas dos bestias, llenas de un terror abyecto, no le servirían para nada, pero tampoco le servirían para nada a su señor.

El chico no podía saber que la cólera en el corazón del balido la había provocado la mesa vacía. ¿Dónde estaba el banquete? El banquete durante el que el Cordero esperaba empezar su conquista total del joven humano. ¿Dónde estaban sus abominables esbirros?

Cuando el Cordero cruzó las cortinas y salió con la cabeza en alto y el cuerpo centelleando como escarcha, iba escuchando atentamente con las orejas erguidas y las narices dilatadas. De pronto, captó el olor de Hiena.

Caminando con la agilidad y la delicadeza de un bailarín, el Cordero blanco se acercó rápidamente a ellos.

Era ese momento o nunca para el chico. Sin pensarlo, se quitó los zapatos y se deslizó sin hacer ruido a la oscuridad adyacente. Para eso se vio forzado a apartar a Hiena con el codo. Al hacerlo, reparó en el cuchillo de la criatura, una vara de acero delgada y mortal, y al arrebatársela del cinto, el ruido provocó que la ciega mirada del Cordero cayera de pleno sobre él.

A pesar de que el muchacho caminaba de puntillas fuera de foco y alineamiento con los ojos velados del Cordero, este seguía sus movimientos con horrible precisión. De pronto, volvió su larga cabeza lanosa y al instante avanzó en la dirección de su ciega mirada y rodeó a las dos bestias con una especie de pavoneo. Ambas criaturas cayeron al instante en una especie de deterioro. Ya eran parodias de la vida, pero en ese momento no eran más que las reliquias de esas parodias.

Pues mientras el Cordero caminaba con pretensión a su alrededor, ellos cedían a su voluntad suprema con ojos que imploraban el exterminio.

—Cuando os bese, no moriréis —dijo el Cordero con la voz más dulce del mundo—. La muerte es demasiado amable, la muerte es demasiado envidiable, la muerte es demasiado generosa. Lo que os daré es dolor. Porque habéis hablado con el chico, y él era mío desde la primera palabra. Lo habéis tocado, y él era mío desde el primer toque. Habéis hablado de mí, y al alcance del oído del muchacho, y eso es traición. No habéis preparado el banquete. Así que os daré dolor. Venid a recibir mi beso, que comience el dolor. Venid a mí, venid...

Al ver a las dos criaturas arrastrando sus anatomías destrozadas por el suelo, el chico sintió náuseas de cuerpo y alma y, con la espada por encima de la cabeza, se desplazó pulgada a pulgada hacia el Cordero.

Pero no había avanzado más que unos pocos pasos cuando el Cordero interrumpió sus tejemanejes y, volviendo la cabeza a un lado, pareció sumirse en una concentración extrema. El chico, que contenía el aliento, no oía nada en el hueco silencio, pero el Cordero escuchaba el latido de los tres corazones. Y fue hacia el sonido de uno de ellos, el del chico, hacia donde dirigió toda su conciencia.

—No creas que puedes hacer algo —dijo la voz, que sonaba como campanillas—, porque ya estás perdiendo la fuerza… Tu naturaleza está abandonándote… Estás convirtiéndote en mío.

—¡No! —gritó el chico—. ¡No, nunca, demonio tintineante!

—Gritar no te servirá de nada —dijo el Cordero—. Mi imperio está hueco y vacío, así que no grites. En vez de eso, fíjate en tu brazo.

El chico apartó con esfuerzo los ojos del espectro deslumbrante y gritó al descubrir que sus dedos no solo estaban curvados de un modo antinatural, sino que el brazo entero oscilaba adelante y atrás como si no tuviera nada que ver con él o con su cuerpo.

Trató de alzar la mano, pero no ocurrió nada, salvo que, cuando gritó de miedo, advirtió en su voz una nota que no reconoció.

La concentración de la mirada ciega sobre él era como soportar un gran peso. Trató de retirarse, pero las piernas no lo obedecieron. Sin embargo, tenía la cabeza libre y despejada, y supo que lo único que podía hacerse era romper el encantamiento de escrutinio con algún suceso imprevisto, y cuando esta idea le pasó como un rayo por la cabeza, se inclinó silenciosamente y dejó la espada en el suelo de piedra. Se palpó entonces el bolsillo con la mano derecha, buscando alguna llave o moneda. Por fortuna, llevaba varias monedas. Cogió un par y las lanzó, formando un arco muy alto en el aire. Para cuando aterrizaron en el suelo detrás del Cordero, el muchacho había recogido la espada con la mano sana.

Las monedas cayeron con un estrépito súbito inmediatamente detrás del Cordero y, durante un lapso fugaz, el intenso escrutinio del tirano se interrumpió y una mortal carga de opresión desapareció del aire.

Ese era el momento, el único que habría para hacer lo que había de hacerse antes del resurgimiento del mal. El aire despejado permitió, durante una milésima de segundo, el aflojamiento de las adherencias en las piernas del chico y una vibración en el corrompido brazo izquierdo, de modo que saltó hacia delante sin que nada lo retuviese. De hecho, el aire pareció abrirse para él cuando saltó blandiendo la espada. Asestó un tajo de arriba abajo y hendió la cabeza del Cordero en dos mitades que cayeron a ambos lados. No hubo sangre ni nada que recordara la naturaleza de un cerebro.

El muchacho acuchilló el cuerpo y los brazos lanosos, pero ocurrió lo mismo que con la cabeza: solo encontró un vacío privado de huesos y órganos. Los centelleantes rizos de lana se desparramaron por el suelo.

El chico cayó de rodillas en medio de las reliquias de la bestia blanca, y pareció que había esquilado una oveja en lugar de degollarla.

De la intensa oscuridad donde Hiena y Cabra se habían postrado en obediencia ante su amo surgieron dos ancianos. Uno tenía la espalda muy inclinada, el otro arrastraba los pies de lado. No hablaron entre ellos, ni le hablaron al chico, ni él les habló a ellos. Echaron a andar por las gélidas galerías, pasaron bajo los arcos y subieron por los pozos de la mina. Finalmente, al llegar al aire superior, se separaron sin una palabra.

El muchacho anduvo perdido un buen rato, pero, caminando en una especie de sueño, al cabo llegó a las orillas de un ancho río donde innumerables perros lo aguardaban. Subió a un pequeño esquife y la manada nadadora lo empujó a través de las aguas. Para cuando el bote tocó fondo en la otra orilla, su aventura se había esfumado de su memoria.

No mucho después, una nutrida partida de rescate lo encontró, perdido y agotado, en un patio en ruinas, y lo llevó de vuelta a su hogar inmemorial.

EL EXTRAÑO VIAJE

Érase una teoría del tiempo, estando yo solo en el amplio lecho, ocurrió que tan pronto como mi cabeza abandonó la almohada, caí completamente despierto. Cuánto caí no puedo decirlo, pero la luz era brillante y el chillido estridente de los pájaros resonaba en mis oídos; tan chillones eran que no distinguía si estaban en mi cerebro o si volaban en espiral a mi alrededor a demasiada velocidad para verlos.

No recordaba nada, salvo que había salido de la oscuridad, una oscuridad amable y acogedora, una oscuridad diurna, un verano de sepia, y que me hallaba entonces sumido en el resplandor, el resplandor de la noche, muy estimulante para los huesos, donde todo tenía una claridad diamantina y parecía muy cercano, aterradoramente cercano y palpable, estereoscópico y afilado, y una especie de lucencia teñida coloreaba hasta el grano más diminuto de arena, hasta la fronda más pequeña.

Al principio no sabía de qué tamaño era yo, pero me invadía una sensación de altura y, al mirar hacia abajo, no fue fácil percibir a primera vista por qué calzado me había decantado, aunque entre mi cabeza y un par de botas de montaña de piel de serpiente nuevas no había ni una sola nube. No solo eran de la piel más brillante y resistente, sino que la velocidad a la que se cruzaban una y otra me sorprendió; era evidente que se habían embarcado en un viaje con un propósito bastante inmediato. No tenía más idea de hacia dónde se dirigían de la que tenía sobre por qué había colocado las manos a la altura del corazón, unidas por las yemas de los dedos y apuntando hacia fuera, como la proa de un barco. Pero sabía con absoluta certeza que intentar detener mi avance sería fútil, porque estaba en camino. ¿Hacia dónde? No lo sabía ni me importaba en ese momento. Bastaba, me parecía, con que me hubiera puesto en marcha después de años de inmovilidad.

Levanté la vista del diestro y decidido avance de mis pies cubiertos de piel de serpiente y fijé mi atención en mis otras prendas, que estaban, si su forma se lo permitía, echadas hacia atrás en rígido vuelo horizontal: por ejemplo, las dos puntas de mi corbata, separadas en el nudo, volaban cada una sobre un hombro como pendones, y mi chaqueta, negra y deslustrada, se extendía detrás de mí como las alas de una gran ave salvaje; me estremecí solo de pensar en visitar el nido enmarañado de semejante ave infernal (sin duda en el interior de la garganta espiralada de algún pico manchado de sangre). Pero ¿qué importaba? Aunque siniestra, mi chaqueta volante no me haría ningún daño, y no volví a atisbar por encima del hombro, sino que me concentré en lo que se extendía ante mí y a mi alrededor.

No tenía sensación de velocidad, aunque los objetos pasaban velozmente a mi lado, más lentos a mi derecha que a mi izquierda, es cierto, pero, a pesar de todo, muy deprisa, y aún más veloces eran los papagayos que volaban a todo trapo con biblias en el pico.

Uno tras otro se desplazaban en lo alto: rojo, naranja, amarillo, verde, azul, índigo y violeta, en ese orden de rotación. Las páginas del Génesis revoloteaban en el pico del pájaro escarlata, las del Levítico en el siguiente y así hasta Josué, tras el cual la descabellada historia del Edén volvía a agitar sus hojas verdes en mi oreja. Cerré los ojos un momento mientras mis pies continuaban caminando. Al rato pude abrirlos, sin hacer caso de todos los pájaros del espectro, excepto cuando, ocasionalmente, todos ellos abrían sus picos feroces y gritaban «Amén», y los cerraban de nuevo con un golpe seco antes de que las biblias pudieran desequilibrarse y caer revoloteando. Pero incluso a eso me acostumbré y fui capaz de concentrarme en lo que se extendía muy lejos.

A mi derecha, un océano verde, del color de una manzana aún no madura, tosía y estornudaba. Las arenas que lo bordeaban estaban cubiertas por innumerables tumbonas de lona teñida con franjas uniformes de rojo y blanco. Estaban muy bien ordenadas, muy limpias, en grupos o apartadas, al gusto de cada una. Pero no había nadie sentado en ellas ni se veía un alma en aquella playa ancha y perfecta. Hasta donde la vista alcanzaba podían verse pequeños remolinos de espuma que se deslizaban entre las patas de las sillas más cercanas al mar.

A mi izquierda, avisté una cordillera gris salpicada de villas de color gamba, cada una réplica de la vecina. En el jardín de cada villa, algo sentado fumaba en pipa. Aparté la mirada a toda prisa.

Delante de mí se extendía la carretera por la que viajaba. Era fría y estaba cubierta de nieve artificial de un blanco aburrido, y fue entonces cuando advertí algo muy peculiar. Viendo que, a lo lejos, la carretera blanca estaba moteada en su parte central, fui bajando la vista hasta que, ya cerca de mis pies, me di cuenta de que lo que veía eran huellas de pisadas. Corrían a encontrarse conmigo, o así me lo parecía, por la larga franja de nieve artificial, y mientras me veía propulsado hacia delante y sobre ellas, mis pies caían indefectiblemente en aquellas cuencas poco profundas con forma de pez. Por más que lo intenté, no pude evitarlas. Pisada a pisada, caía en ellas como si me lo ordenaran. Intenté saltar a un lado, pero una especie de magnetismo arrastraba las veloces suelas de mis botas a las huellas voladoras pasajeras. Y eso no era todo. Al mirarlas con atención, inmediatamente antes del descenso de uno u otro pie en su cuenca, me percaté de que las huellas eran mías: la marca de las pequeñas escamas había quedado impresa en la nieve apisonada. No había duda, por no hablar de la prueba más sencilla de que mis pies, largos, delgados y torcidos hacia dentro, no tenían duplicados ni, desde luego, rival entre los pies del mundo.

La respuesta era evidente: caminaba sobre mí mismo, sobre mi pasado, sobre mis primeros pasos en el mundo; sobre mi infancia, cuando recorría blancos caminos de sorpresa e inocencia, ecos de cosas conocidas desde hacía mucho tiempo pero temporalmente olvidadas. Todo eso estaba muy bien, pero mi infancia no había sido así. Había estado rodeada de metros y metros grises de papel pintado y de fotografías grupales amarillentas de bodas y cabezas de perros y equipos de críquet descoloridos. Y las voluminosas tías de la familia se sentaban, tiesas como palos, en las esquinas de salitas mal iluminadas que parecían llenarse con su tamaño, y los tíos cruzaban los vestíbulos renqueando, con armas bajo el brazo, arrastrando piernas lisiadas. Y yo había sido un niño perverso. No hubo maravilla ni inocencia níveas en mi infancia. Al contrario, irritaba a todo el mundo, y no hubo nada extraño que yo recordara que diera cuenta de la experiencia que estaba viviendo. Todo había sido tan ordinario... El gran nogal frente a la ventana del cuarto de los niños, con la rama blanca desgajada atrapada entre las hojas verdes que impedían que cayera. Y yo era avaricioso, y mis padres eran débiles, y todo era deprimente. ¿Qué tenía todo aquello que ver con esas huellas que pisaba, esas reliquias de mí mismo? No era capaz de encontrar una respuesta.

Empezaba a irritarme el modo en que mi cuerpo se impulsaba hacia delante con total indiferencia por el objetivo. Ya es bastante absurdo encontrarse de camino a un sitio u otro sin querer alcanzar tal sitio, pero viajar como un autómata hacia un destino desconocido se me antojaba demencial y ridículo. Había perdido todo interés en el hecho de que fuera extraño, porque ya no me lo parecía, sino que lo encontraba espantosamente aburrido.

Era obvio que mis piernas tenían más energía y visión moral que yo mismo y, durante un momento, estallé en un súbito ataque de mal genio, y habría pateado el suelo con los mismos pies que me llevaban de haber podido controlarlos. Empecé a detestarlos. Que fueran dos me enfurecía. El hecho de que el principio mismo de la deambulación requiriera un par de pies me importaba un comino. Dos pies eran el doble de molestos que uno si se empeñaban en viajar según su voluntad y me tenían en su poder y me impulsaban hacia delante en aquella tierra desconocida. Y de pronto tuve miedo: una tierra desconocida. Eran las palabras las que me asustaban, más que la circunstancia. Me eché a temblar, y el terror cundió en mi mente ante las posibilidades que mi avance abría.

Supongamos que me llevaban hasta el borde de un precipicio y me obligaban a caminar hacia el vacío... O a alguna filosa guarida o sótano de medianoche en los que chapoteaba el agua y a cuya fría superficie asomaba, de cuando en cuando, el lomo sonrosado y suave de ciertas bestias, o alguna cabeza lustrosa y amarilla que maullaba y se sumergía de nuevo...

O supongamos que me llevaban a una vasta sala llena de pupitres y me guiaban al único pupitre vacío, lacerado por décadas de heridas de pluma, mutilado por las iniciales de muchachos azotados que no entendían el álgebra, que lloraban y sufrían ante el horror y el torbellino de los símbolos algebraicos, que habían enfermado por el álgebra y muerto de ella; y al fondo de la gran sala, el maestro, de rostro sin facciones, volvía su vacía máscara hacia mí, y las muñecas y la frente me sudaban de miedo, y mis dedos manchados de tinta no podían sujetar la pluma resbaladiza, y el álgebra bailoteaba en el papel como moscas en el cristal de una ventana...

O supongamos que mis pies me llevaban a una tierra blanca en la que ningún color podía existir y que yo gritaba llamando a los colores, pero ninguno acudía, solo la blancura, como una teoría, sofocando el amor de la vida.

Me golpeé la cabeza para matar el miedo que en ese momento me poseía y, en un esfuerzo por distraer mi mente, miré a derecha e izquierda. Pero las tumbonas seguían alineadas a miles junto al mar. Las arenas interminables se curvaban y se perdían en el horizonte. La espuma todavía se arremolinaba en torno a las patas de las tumbonas más cercanas al agua. No había gaviotas, pero el mar resplandecía aún y las toses y los estornudos de sus millones de diminutas olas sonaban débiles y lejanos, desolados y terribles, porque ¿dónde estaban las palas y los castillos de arena, las casetas de playa y los burros, las tías y las mujeres feas, las cometas y los niños? Oh, muy lejos, muy lejos, en algunas vacaciones escolares, pero cuándo ya no podía recordarlo ni aunque me fuera la vida en ello.

Y a mi izquierda, la cadena de montañas grises y las villas rosadas, pero volví la cabeza enseguida, por miedo a ver las cosas con pipas en la boca en los jardines. Deseaba morirme, ansiaba y rezaba para que cesara toda voluntad..., para que llegara la inexpresable consumación del deterioro final.

Y sin embargo, por extraño que parezca, no me sentía fatigado. Las botas de piel de serpiente volaban debajo de mí y sentía el cuerpo ligero como una ráfaga de aire. Y, puesto que durante un rato había apartado la vista del paisaje terrestre a mi izquierda y del paisaje marino a mi derecha, una cierta desazón que se sobrepuso a mi angustia me hizo volver la cabeza de nuevo hacia el océano, como si algo en el recuerdo de lo que había visto, no sabía qué, me perturbara. Descubrí al instante qué era lo que me había afectado, aunque mis ojos no le habían llevado ningún mensaje a mi cerebro cuando habían visto el oleaje. Estaba más cerca. Se aproximaban, no solo las olas, sino también las tumbonas de playa. Al volver la cabeza hacia la izquierda, descubrí lo que esperaba: las montañas con sus villas rosadas también se acercaban. La distancia entre las colinas y el mar se estrechaba y parecía que en unos instantes las tumbonas se encontrarían entre los jardines de las villas y las cosas que fumaban sus pipas estarían hundidas hasta las rodillas en agua salada, y que las olas avanzarían chapoteando sobre el césped verde y bien cuidado, y entrarían en los salones de las casas de color gamba.

La carretera de nieve artificial continuaba delante de mí, pero, de pronto, las huellas dejaron de volar hacia delante y me vi sacudido por un espasmo de rigidez y silencio. El cielo cayó como una lámina de plomo con un círculo amarillo pintado en el centro, y el círculo amarillo cayó con el cielo como un peso muerto. Al golpearme la cabeza, el sol perdió todo su peso y toda su forma, y se derritió y me chorreó por la cara y los hombros como un suave pétalo de fuego, como un goterón de miel que se detuvo en un pliegue de mi camisa.

Y de nuevo volvió a oírse el grito de los papagayos: «¡Amén! ¡Amén! ¡Amén!», y las páginas del Deuteronomio me revolotearon ante la cara y mientras bajaba la lámpara, me sumí en un sueño de apacible belleza; las blancas sábanas de mi cama, frescas como el agua, meciéndose sobre mis miembros y susurrando: «El viaje ha terminado…, dale cuerda al reloj…, dale cuerda al reloj…, dale cuerda al reloj…». E, indeciblemente contento de no sufrir de nuevo un despertar súbito, me volví en el gran lecho y caí completamente dormido.

COMPRÉ UNA PALMERA

Quizá algo no me funciona bien en la azotea, porque soy un romántico incurable. *Las minas del rey Salomón* todavía me obsesiona. *La isla de coral* y *The Blue Water Ballads* se mezclan en mi recuerdo. *La isla del tesoro* y *¡Hacia el oeste!* se enmarañan con emoción en mi memoria. Ben Gunn y Amos Leigh, Ahab y Crusoe me acompañan todavía en una jungla de helechos y palmeras.

Sí, palmeras, porque los trópicos siempre me atrajeron. Los trópicos que uno halla entre las gruesas cubiertas de cartón de las manoseadas novelas de aventuras, con sus páginas marcadas por las esquinas. Los trópicos como uno los quiere, no como son.

Pero nunca fui racional ni lo bastante honrado o valiente para admitir que todo ese mundo teñido con los colores del arcoíris era tan falso como un peluquín de color zanahoria. En fin, así soy yo, y por esa razón me embarqué en ese gesto de desafío, ese grito contra la máquina de la edad que dejó a su paso una estela de curiosas repercusiones.

Todo empezó una mañana en la isla de Sark. Había algo en el aire ese día, algo templado y especiado, casi tropical, aunque Dios sabe que estaba a miles de kilómetros de las islas de las especias, los colibríes y las tortugas. Pero inspiré con profundo anhelo. Con profundo anhelo ¿de qué? Al principio no lo supe, pero tuve la certeza de que debía tratarse de algo relacionado con mi infancia. Un símbolo, supuse.

Mientras todo esto ocurría en mi interior, me descubrí andando de aquí para allá por el césped áspero de delante de la casa. Y, cuando me detuve, la vista se me nubló y vi las largas playas de Socotra y las copas de las palmeras sacudidas por el viento… Y la vista se me aclaró y me encontré de nuevo en Sark, mirando fijamente el centro del jardín, donde no había nada más que césped duro.

En ese momento supe lo que deseaba. Deseaba una palmera propia, una palmera viva, de verdad, que creciera delante de las ventanas de mi casa y cuyas frondas se estremecieran en el aire suave. Eso quería.

—¿Qué haces, John? —Era mi mujer, que me hablaba desde el porche—. ¿Qué te pasa? ¿Es que has visto un fantasma?

—Nada, no pasa nada —respondí. (Era, y sigo siendo, un mentiroso habitual).

—Pues me ha parecido que te pasaba algo —dijo ella—. Anda, ven a tomarte el café.

Para entonces, la idea de tener una palmera propia ardía con una llama cada vez más intensa.

—Cariño, ¿hay algún vivero famoso en Guernsey?

—¿Qué clase de vivero? —replicó mi esposa—. No hace falta ir a Guernsey.

—Un vivero de árboles y plantas —dije yo.

—Bueno, está El Jardinero Diestro, si te refieres a eso. Es bastante famoso. Pero ven a tomarte el café, ¡se está enfriando!

Con la esperanza de que no me estuviera mirando, pasé las páginas del listín telefónico de Guernsey. Encontré el nombre del caballero botánico en cuyos exuberantes viveros una vez me habían enseñado lo que los jardineros diestros podían lograr cuando se lo proponían.

Alcé la vista y comprobé que mi mujer no me prestaba ninguna atención. No estaba seguro de que aprobara mi propósito, pero era importante para mí. No podía tenerlo todo.

Levanté el receptor subrepticiamente. La voz de la centralita de Sark me preguntó qué deseaba.

—Quiero que me pase con un número de Guernsey.

—Ah —dijo la voz—. Supongo que sabe que el *Viuda alegre* vuelve el jueves.

—¿A quién llamas? —preguntó mi mujer.

—Y lo que es más —añadió la centralita—, sacrificarán una vaca. Pensé que le interesaría saberlo.

—Póngame con Guernsey 1010.

—¿A quién llamas? —repitió mi mujer.

—Shhh… shhh —dije.

Mis planes se habían ido al garete. Quería que todo el asunto fuera bastante teatral, pero el *Viuda alegre* y la información sobre el matadero le habían quitado frescura a lo que estaba haciendo.

Ignoro la razón, pero ese día había recordado el efecto que *La isla de coral* me había causado hacía mucho tiempo, en la pequeña habitación en la que lo leí, sentado junto a una ventana del lado derecho. Estábamos en alguna ciudad costera, probablemente Weymouth, pero no lo recuerdo. Y, durante toda la mañana, me había perseguido la sensación de entusiasmo tropical en aquel cuartito junto al mar que tan bien recordaba. Y entonces pensé… Pero mejor cuento lo que hice, es más sencillo.

Y entonces sonó la voz: la voz del horticultor, el hombre de manos diestras.

—Dígame.

—Hola —dije, y luego, en el tono chillón y autoritario al que suelen recurrir quienes se mueren de miedo por lo que están haciendo, añadí—: Quiero una palmera. Sí, una palmera. De inmediato.

Alcé la vista. Era un momento muy importante para mí. Mi mujer parecía indiscutiblemente sorprendida.

—Desde luego que podemos proporcionarle una palmera, señor —dijo la voz—. ¿Qué variedad tenía usted en mente?

Ese fue un golpe cruel para mí, esa particularización. Me dio en mi punto débil, que es mi falta de cultura general. ¿Qué sabía yo de variedades? Yo creía que eran palmeras y ya está.

Sabía que iniciar una discusión sobre los pros y los contras de las diferentes palmeras en relación con el suelo, el clima local y otras hierbas muy pronto me delataría como el completo aficionado que en realidad soy, no solo ante sus ojos, sino también, y lo que es peor, a ojos de mi esposa, y era a ella a quien estaba decidido a impresionar.

Creo que lo que hice fue muy elegante.

—Volveré a llamar dentro de media hora —dije, y colgué.

Quizá soné maleducado, pero mi estatus como jardinero quedó intacto.

—¿De qué va todo eso? —preguntó mi mujer.

—Déjamelo a mí, cariño. Es una cuestión técnica —dije, y corrí a buscar la enciclopedia.

El volumen de la P, hasta *Plan,* pronto me dejó claro que la familia de las palmáceas habría podido avergonzar a cualquier hogar victoriano por la prolijidad de sobrinos, tías y hermanos, sobrinas y nietos. Se me recordó la existencia, o quizá debería decir que se me habló, de la palmera de Ceilán, la palma datilera, la palma palmira, el ratán, la palmera bambú y la palmera de la Tebaida. También estaban las palmeras de hojas pinnadas, como las arecas, las kentias, las *Calamus* y las *Martinezia,* y las palmas de abanico *Latania, Borassus, Chamaerops* y *Sabal,* por citar unas cuantas.

Me enteré de que había mil quinientas especies, casi todas tropicales. Esto me resultó descorazonador. Empecé a sudar. Estaba a punto de sufrir un ataque de pánico. La palma chilena, o *Jubaea spectabile,* podía encontrarse hasta los treinta y siete grados de latitud sur en su límite meridional y los grandes centros de distribución son las América y Asia tropicales, pero el África tropical solo incluye una docena de géneros, aunque algunas especies, como la palmera de la Tebaida («al diablo con la Tebaida», murmuré, con la cara ardiendo por la magnitud de mi ignorancia) y la deleb, o palma palmira *(Borassus flabellifer),* tenían una amplia distribución.

¡Y un cuerno la tenían! Estaba harto de ellas, pero mi cabezonería se impuso. Después de todo, yo no podía levantar el auricular delante de mi mujer y pedir que me enviaran una palmera y luego echarme atrás como un cobarde.

El plan original era mostrarse práctico, entendido y, si me comprenden, bastante original y pomposo, pero había degenerado en algo tan confuso y bochornoso que sabía que, a menos que actuara con celeridad, perdería el control.

Sentado con la *Enciclopedia británica* en el regazo, respiré hondo y levanté el auricular de nuevo.

—Diga —dijo la voz.

—Guernsey 1010.

—¿Le he dicho…?

—¡Guernsey 1010! —grité.

Hubo un silencio sepulcral hasta que de pronto la voz del jardinero diestro (qué desagradablemente controlada era) me arrulló en el oído.

—Es sobre la palmera —dije.

—Ah, sí.

—Había pensado en una palmera de abanico —murmuré.

—Una elección muy sensata, señor.

Me erguí en al asiento, sintiéndome mucho mejor, y traté de encontrar la página en la enciclopedia.

—Posiblemente la *Chamaerops humilis,* el palmito, esto, un momento... o esa cosa chilena..., pero ¿qué sugeriría usted? —añadí a toda prisa.

—¿Le importaría dejarlo en mis manos, señor?

¡Condenado listillo! ¿Cómo habría averiguado que no apartaba los ojos de la enciclopedia?

—De acuerdo —dije a regañadientes, pero secretamente aliviado.

—¿Y en cuanto a la medida del pie, señor?

—¿Qué clase de pie?

Se produjo un prolongado silencio.

—El tallo o tronco —dijo él.

—¿Se refiere a qué medida de árbol quiero?

—Exactamente —respondió la voz.

—El más grande que tenga —dije—. ¿Cuántas manos será eso?

—El pie más largo que tenemos para trasplantar vendría a tener tres metros y medio, señor. La palmera que tengo en mente es muy decorativa.

—¿De verdad? ¿Y puede enviarla de inmediato?

—Desde luego, señor.

LOS ENTENDIDOS

Había dos hombres en la habitación, uno algo más rollizo de lo que le habría gustado y el otro algo menos erguido, pero ambos impecablemente acicalados. Las manos de ambos eran muy parecidas, suaves y más bien femeninas.

—¿Y qué me dice de la bella criatura que ocupa ese nicho? —dijo el menos erguido de los dos.

—¿Mi pobre jarrón? —inquirió su interlocutor.

—Sí, sí, el jarrón. Pero, sin duda, dista mucho de ser pobre. ¿Acaso los pobres son tan elegantes? Alguien, no me acuerdo quién, no me pregunte, me dijo una vez que poseen cierta belleza propia, pero da igual. Dejando a un lado a los pobres (como uno suele hacer, Dios nos asista), si entiende a qué me refiero, raramente son jarrones ni tampoco raros, mi querido amigo. Desde luego, uno nunca diría de ellos que son singulares.

—¿Y usted cree que mi jarrón lo es?

—Por supuesto que lo creo.

—Es extraño...

—¿Por qué dice eso?

—También yo lo creía así. Me había costado mucho dinero y estaba seguro de ello. Creía que estaba bien. Emitía un sonido delicado al golpearlo con el nudillo. Tenía el tacto adecuado. Uno casi podía afirmar que tenía el olor adecuado, aunque no se me ocurre nada menos oloroso que la cerámica. Pero últimamente, y ya han pasado muchos años desde que lo adquirí despreocupadamente, he empezado a dudar. Ya no creo en él como antes. Hay no cuadra.

—¿Quiere decir que cree que es una falsificación? ¡Imposible!

—Lo creo.

—¡Cómo! ¿Esa hermosura?

—Lo creo.

—Pero mire esos colores, esa pátina; mire la superficie, sus líneas, la fluidez de su contorno... Válgame el cielo, no puede ser falso, es imposible. ¿O sí?

—Lo creo.

—Es cierto que la línea del gollete tiene un algo demasiado primitivo, casi imperceptible. Y la ejecución de los hombros, esos hombros de suntuoso color cerúleo, es, quizá, estudiadamente burda. ¿Es posible que sean, quizá, un pelín demasiado anchos para la mano de un maestro?

—Así lo creo.

—Y ¿qué me dice de la pátina sobre las grullas carmesíes? Parece añadida a propósito.

—Así lo creo, sí.

—Quizá... quizá. ¡Hay que ver, con lo que me ha impresionado, y por la razones equivocadas! Debo tener cuidado, debo ser más cuidadoso, sin duda. ¡De qué manera se desmorona su esplendor! Veo ahora con tanta claridad a qué se refiere: hay una especie de *mala calidad* intrínseca en él, sin ninguna duda. Entiende lo que quiero decir con *mala calidad,* ¿verdad? Como si el jarrón se hubiera echado a perder como un huevo, por así decirlo, o como una canción que hemos oído demasiado... Y, sin embargo, de algún modo mantiene su frescura.

—Yo también lo creo así.

—Tiene razón. Oh, ahora veo lo acertado de su juicio. El jarrón es falso. Sí, es evidente. De hecho, es feo, feo con ganas. ¡Es un monstruo, ja, ja, ja! ¡Un monstruo rojo y azul! Mi querido amigo, ¿cómo ha sido capaz de comprar algo así?

—He tardado ocho años, querido amigo, no ocho minutos, en concretar mi sospecha. Durante ocho años me he sentido dividido entre el placer y el desagrado por el jarrón. Sin embargo, solo existe un modo de probar mi juicio.

—¿Cuál?

—¡Hacerlo añicos!

—¿Hacerlo añicos?

—Hacerlo añicos y comprobar que no tiene la insignia con forma de cangrejo en la cara interna de la base circular. La sospecha ha convertido el objeto en algo abominable. Tenga la bondad de ser testigo de la destrucción de una belleza impostora e inflada.

—Pero…

—No es momento para escrúpulos.

—No, no, mi querido amigo, pero…

—No hay peros que valgan. Tenga la bondad de alcanzarme ese atizador. Le agradezco…

—¿Está seguro?

—Calle un momento, por favor.

—¡Qué valor, qué fe en sus conocimientos y en su criterio, viejo amigo! Su actitud me sorprende y me admira. Es magnífica. Aquí tiene el atizador. Aplaudo su intuición. Aplaste al impostor. ¡Aplaste ese objeto chabacano!

Cuando el atizador descendió y el jarrón arcaico se rompió en cuatro grandes secciones con forma de hoja, los entendidos se arrodillaron y descubrieron el emblema del cangrejo, grabado en la arcilla sin esmaltar de la cara interna de la base circular del jarrón.

¡Era auténtico!

¡Era auténtico!

¡Era hermoso, después de todo!

DANZA MACABRA

Quizá me despertara la luz de la luna llena, no lo sé. Es posible. O quizá la melancolía que se había instalado en mi espíritu y que teñía mis sueños se había vuelto demasiado intensa para soportarla y se abrió paso en mi sueño y de pronto me dejó despierto y tembloroso.

No forma parte de mi historia exponer las desgraciadas circunstancias que me habían separado de mi querida esposa. Baste con decir que, a pesar de nuestro malhadado amor, o quizá precisamente por su causa, nos habíamos separado, aunque, como pronto sabrán, este acto desesperado al final solo trajo horror.

Había descorrido las cortinas al irme a la cama porque estaba anocheciendo y, al abrir los ojos, descubrí que la luz de la luna llenaba la habitación.

Estaba tendido de lado, de cara a las altas puertas de mi ropero, y mi mirada se paseó por los paneles de madera hasta que vino a fijarse en los pomos metálicos.

Intranquilo como estaba, aún no tenía una causa concreta de alarma, y habría cerrado los ojos de no ser porque, de súbito, mi corazón dejó de latir: el pomo metálico en el que había detenido la mirada había empezado a girar lentamente, sin ninguna duda, sin un sonido.

No recuerdo con exactitud qué ideas me dominaron durante el interminable giro del pomo de latón. Solo sé que los pensamientos febriles que tuve estaban empapados de miedo y el cerebro me empezó a sudar tanto como el cuerpo. Pero no pude apartar la vista ni cerrar los ojos. Solo pude mirar mientras la puerta se desplazaba despacio, con espantosa decisión, hasta quedar abierta de par en par a la habitación inundada de luz de luna.

Y entonces ocurrió. En el silencio en el que ni la llamada de un búho en los bosques cercanos ni el susurro de las hojas perturbaban la madrugada de aquella noche de verano, ocurrió que mi traje de etiqueta, aún colgado en su percha, emergió de las profundidades del ropero flotando lentamente y, con infinita suavidad, se detuvo en el aire justo delante del tocador.

Aquello era tan inesperado, tan grotesco, que me sorprende que no perdiera los nervios y empezara a gritar. Pero el terror quedó atrapado en mi garganta y no emití sonido alguno, sino que continué mirando cómo los pantalones se deslizaban de la barra de la percha hasta que los bajos estuvieron a apenas cinco centímetros del suelo, posición que mantuvieron, flojos y vacíos. En cuanto esto hubo ocurrido, una agitación en los hombros hizo evidente que el chaleco blanco y el largo frac negro trataban de descolgarse de la percha y, de pronto, se vieron libres. Tras esto, la percha se retiró de nuevo al ropero y la puerta se cerró tras ella, dejando en la habitación un espectro sin cabeza, sin manos y sin pies.

A pesar de faltarles las manos, las mangas colgantes se hallaban, a la sazón, enfrascadas en la pantomima de anudarse una corbata blanca en torno al cuello blanco de la camisa, y luego, aún más extraño, la figura vacía se inclinó hacia delante en un ángulo de treinta grados en el aire, proyectó las mangas vacías hacia delante, como si fuera a zambullirse de cabeza, y, con un aleteo de los faldones, cruzó la habitación flotando y salió por la ventana.

Antes de darme cuenta de lo que estaba haciendo, me planté en la ventana justo a tiempo para ver a lo lejos, más allá del jardín, mis ropas de etiqueta deslizándose hacia el bosque de robles, donde desaparecieron en la oscuridad, bajo los árboles.

No sé cuánto tiempo estuve escrutando el denso margen del robledal antes de volverme a la cama ni cuánto tiempo estuve mirando el pomo de la puerta del ropero antes de reunir el valor para agarrarlo y abrirla. Solo sé que por fin lo hice y vi la percha desnuda de madera allí colgada.

Cerré de un portazo y le di la espalda al ropero. Empecé a pasearme febrilmente por el cuarto, presa de una temerosa premonición. Por fin caí exhausto en la cama. Solo cuando rompió el alba me sumí en un sueño pegajoso.

Desperté pasado el mediodía. La campiña bullía de sonidos familiares: las riñas de los gorriones en la hiedra del otro lado de la ventana, los ladridos de un perro y el zumbido de un tractor varios campos más allá, y, escuchando medio dormido, tardé un minuto entero en recordar la pesadilla que había sufrido. ¡Pues claro que había sido una pesadilla! ¿Qué otra cosa podía ser? Con una breve carcajada, eché la ropa de cama a un lado, me levanté y empecé a vestirme. Solo cuando me disponía a abrir el ropero me detuve un instante. El sueño había sido demasiado vívido para olvidarlo incluso a la saludable luz de un día de verano, pero me reí de nuevo y el sonido de mi risa me heló la sangre. Me recordó a un niño que una vez había oído gritando de miedo: «¡No tengo miedo de ti! ¡No tengo miedo de ti!».

Abrí el ropero y suspiré con alivio, porque allí, colgando recatadamente en la penumbra, estaban mis ropas de etiqueta. Cogí una chaqueta de *tweed* de su percha y estaba a punto de cerrar la puerta cuando vi, pegada a la rodilla de los pantalones de vestir, una brizna de hierba.

Siempre he tenido la costumbre, casi obsesiva, de mantener la ropa en buen estado. Así pues, me pareció extraño que, habiendo cepillado el traje un par de noches antes, no estuviera impecable. ¿Cómo había podido pasar por alto esa brizna de hierba? Sin embargo, aunque me parecía extraño, me dije que debía de haber una explicación sencilla y desterré la pequeña incógnita de mi pensamiento.

No sé por qué, pero no le hablé a nadie de mi sueño. Tal vez porque detesto las cosas extrañas o grotescas y supuse, quizá equivocadamente, que tales cosas también les resultan desagradables a los demás. El recuerdo de aquella noche horrenda me persiguió durante todo el día. De no ser porque detesto parecer peculiar, creo que habría encontrado alivio confiándole aquel sueño tonto a alguien. Porque no solo era aterrador, sino también ridículo, algo más para reírse que para asustarse. Pero yo no podía reírme.

Los seis días siguientes pasaron sin mayores contratiempos. La séptima noche, que era un viernes, me fui a la cama mucho más tarde de lo habitual porque cené en casa con unos amigos y estuvimos conversando hasta bien pasada la medianoche. Cuando se fueron, me quedé un rato leyendo, así que eran cerca de las dos de la mañana cuando subí a mi habitación, donde me tiré en la cama todavía vestido y seguí leyendo al menos otros veinte minutos.

Estaba soñoliento, pero antes de levantarme para desvestirme y contra mi voluntad me descubrí dirigiendo la vista al ropero. Aun convencido de que el sueño había sido, de hecho, un sueño y nada más que un sueño, el hábito espantoso se había apoderado de mí, y lo último que veía antes de quedarme dormido siempre era el pomo de la puerta.

Y, de nuevo, se movió, y de nuevo, tan terrorífico para mí como antes, prosiguió con su giro decidido, y sentí el corazón atrapado entre las costillas, martilleando para liberarse en el silencio de una segunda noche de espanto. El sudor me corría a chorros por el cuerpo y el ávido sabor del terror me llenaba la boca.

El hecho de que todo estuviera ocurriendo de nuevo, de que fuera una repetición, no me ayudó en absoluto, porque lo que una vez fue increíble se había convertido en una realidad indiscutible.

Lenta, inexorablemente, el pomo giró y la puerta del ropero se abrió, y mi traje de etiqueta salió flotando como la vez anterior, y los pantalones se deslizaron hasta que tocaron el suelo, la percha se desprendió de los hombros y pareció no haber cambio alguno en aquel absurdo pero espantoso ritual, hasta que llegó el momento en que la aparición estaba a punto de volverse hacia la ventana. Esta vez se volvió hacia mí y, aunque no tenía rostro, supe que me estaba mirando.

El cuerpo entero empezó a estremecérsele con violencia y yo cerré los ojos apenas un segundo, pero, durante ese lapso, las ropas desaparecieron por la ventana abierta.

Me levanté de un salto y corrí hacia la ventana. Al principio no pude ver nada, porque dirigí la mirada al césped que se extendía por espacio de unos cincuenta metros hasta la linde del bosque. Ninguna criatura, fantasma o mortal, habría podido cubrir esa distancia en los pocos segundos que tardé en alcanzar la ventana. Un movimiento en la oscuridad me hizo mirar abajo, y allí estaba, de pie en el estrecho sendero de grava que quedaba inmediatamente debajo de mi ventana. Le daba la espalda a la casa y las mangas se alzaban un poco a cada lado, aunque estaban vacías.

Al encontrarme justo encima de la criatura sin cabeza, me vi obligado a mirar la horrible oscuridad de aquel agujero circular cuyo borde exterior estaba formado por el rígido cuello blanco. Mientras observaba, asqueado, empezó a deslizarse o a planear sobre el césped; es difícil encontrar una palabra que transmita adecuadamente el modo en que la criatura se impulsaba por el suelo, con el frac erguido y el bajo de los pantalones casi arrastrando por el césped, aunque en realidad no tocaran el suelo.

Estar vestido me dio valor, creo, porque, a pesar de mi profundo miedo, me lancé escaleras abajo y salí de la casa justo a tiempo de ver a la aparición a punto de internarse en los bosques más allá del jardín. Tomé buena nota del punto por el que había entrado en el bosque y, temiendo perder a la infame criatura, crucé el jardín corriendo como un condenado.

Fue una suerte que lo hiciera, porque, al alcanzar el límite del robledal, vislumbré brevemente el alto cuello blanco y el centelleo de los puños adelante y hacia la derecha.

Aunque conocía muy bien el bosque a la luz del día, de noche parecía muy distinto, pero me las arreglé para seguir como pude, a trompicones y siempre a punto de perder de vista a la cosa flotante que emergía aquí y allá entre los árboles, delante de mí. No parecía haber duda en su avance y se me ocurrió que, a juzgar por la dirección que había tomado, pronto llegaría al primero de los largos senderos que cruzaban el bosque de este a oeste.

Y así fue, ya que, unos instantes después, el ramaje se aclaró en lo alto y me encontré de pie al borde de la larga y herbosa avenida de robles, y a menos de cien pasos a mi izquierda vi mis vestiduras incorpóreas.

Serían incorpóreas, pero no lo parecían. Porque era evidente que las prendas se encontraban en un estado de gran agitación: se volvían hacia uno y otro lado, rodeaban un roble en la otra parte de la avenida, flotando apenas a dos centímetros del suelo con los hombros encorvados hacia delante, casi como si, a pesar de estar descabezadas, mirasen la larga perspectiva menguante del sendero forestal.

De pronto, el corazón se me subió a la boca, porque mi traje de etiqueta (sus puños y cuello centelleando en la luz tenue) empezó a temblar violentamente y, al volver la vista hacia donde el traje miraba, vi a lo lejos, deslizándose hacia nosotros, un vestido de noche de color azul cielo.

Se acercaba, se acercaba, flotando con una belleza natural, la larga cola arrastrando por el suelo. Pero no había pies, ni tampoco brazos ni manos. Y, aunque también faltaba la cabeza, había algo en ella que me resultó familiar cuando al fin se reunió con mi atuendo negro y cuando vi la manga de mi chaqueta ceñir la sedosa cintura azul de la dama hueca. Entonces iniciaron un baile que me heló la sangre, pues, aunque los movimientos eran lentos, casi relajados, la cosa sin cabeza vibraba como la cuerda pulsada de un violín.

En contraste con esta horrible vacilación, el vestido de noche del otro bailarín se movía con una extraña rigidez que la ausencia de brazos hacía aún más espantosa. Mientras miraba aquella escena, me sentí enfermo y las rodillas se me doblaron. Me agarré a una rama en busca de apoyo y, para mi horror, se me quebró en las manos con un chasquido que en el silencio de la noche sonó como un disparo. Perdí el equilibrio y caí de rodillas, pero me recuperé al instante y volví la vista hacia los bailarines. Se habían ido, se habían ido como si nunca hubieran estado allí. La avenida de altos árboles se extendía en un solemne silencio iluminado por la luna.

Y entonces distinguí un montoncito de harapos tirados en la hierba. Armándome de valor, me acerqué paso a paso al montón inerte y, cuando estuve a unos cinco metros de él, vi que estaba compuesto por un tejido negro entrelazado con un tejido más delicado de color azul cielo.

Empecé a sudar, y no podría decir cuánto tiempo debí de permanecer allí parado, tratando de contener la náusea que me atosigaba el estómago y el cerebro, cuando un movimiento en el montón desordenado llevó a más movimientos y, ante mis ojos, las partes empezaron a desenlazarse y a alzarse del suelo una a una y a reagruparse en el aire, y un instante después se habían ido. El precioso vestido huyó, rozando la hierba, en la dirección por la que había venido, hasta que se convirtió en un punto de color azul cielo a lo lejos. Mi traje, no menos veloz, voló en la dirección contraria y desapareció, y yo me quedé solo.

Nunca sabré cómo logré volver a casa; supongo que fue más por instinto que por razón, porque me sentía febril y mortalmente cansado.

Cuando al fin subí a trompicones las escaleras y entré en mi habitación, caí de rodillas y no pude levantarme hasta pasados unos minutos. Recuperado el uso de las piernas, volví la vista hacia el ropero y me quedé mirando el pomo de latón hasta que, en un arrebato de valor, lo así y abrí la puerta.

Y allí, tan remilgados como siempre, estaban mis pantalones y mi frac.

Durante la semana siguiente viví en un estado de excitación nerviosa, una excitación cruel. Estaba aterrorizado, pero también fascinado. Descubrí que no podía pensar en otra cosa que en qué ocurriría el viernes siguiente. A los pocos amigos que se acercaron a mi casa les alarmó mi aspecto, porque mi rostro, normalmente rubicundo y fresco, se había tornado ceniciento. Me temblaban las manos y mis ojos huidizos parecían los de una bestia acorralada.

No le hablé a nadie de lo ocurrido, no por valentía, sino más bien por cobardía. Siempre había rechazado lo ultraterreno o cualquier asunto que oliera remotamente a sobrenatural, y no habría podido levantar la cabeza en público de saber que se me consideraba un chalado metafísico. Sabía que era mejor que me ocupara del asunto yo solo, por asustado que estuviera, antes que arriesgarme a suscitar cejas enarcadas y miradas de soslayo. Durante los siete días siguientes evité en lo posible a mis amigos; pero había un compromiso particular que no podía ni deseaba evitar.

Había prometido, había prometido con total sinceridad, reunirme con unos amigos que iban a organizar una pequeña velada el viernes siguiente. Pero no era solo eso, porque, de haberlo sido, habría inventado alguna excusa convincente. No, la razón era muy distinta. La razón era que mi esposa también asistiría. Nuestros amigos mutuos, en su ignorancia, estaban ansiosos por reconciliarnos. Habían sido testigos del avance de nuestra enfermedad. Si hablamos de mí, mi organismo entero estaba enfermo, porque lo cierto era que sin ella yo solo era media persona. ¿Y ella? Ella, que me había dejado al no ver ninguna esperanza para nosotros, solo el robustecimiento de ese algo horrible y perverso que conduce al hombre a su destrucción; cuanto más grande el amor, mayor el deseo de herir. ¿Cómo estaba ella? Como yo, me dijeron, estaba enfermando a ojos vistas.

Los dos éramos demasiado orgullosos para reunirnos por propia voluntad. Demasiado orgullosos o demasiado egoístas. Y por eso se había organizado sutilmente la velada, y cuando llegó el día me presenté allí, mis anfitriones me recibieron y empecé a mezclarme con los invitados.

Hubo cena y hubo baile, y de no haber estado obsesionado habría disfrutado de la noche, pero no dejaba de volver la cabeza hacia el pequeño reloj de oro en la repisa de la chimenea y del reloj hacia la puerta que había más allá de las cortinas que llevaban al vestíbulo.

A medida que transcurría la velada, una absoluta oscuridad se adueñó de mi espíritu, hasta que, de pronto, mi esposa apareció y el corazón me dio un vuelco y temblé con desesperación, porque aunque ella estaba arrebatadora, no fue su rostro en lo que me fijé al principio, sino en el color azul celeste de su vestido.

Nos reunimos como si nunca nos hubiéramos separado y, aunque sabíamos que nuestro encuentro había sido organizado, la alegría que nos llenaba impidió que el rencor oscureciera nuestros pensamientos.

Pero bajo nuestra creciente alegría había terror, porque ambos veíamos en los ojos del otro que habíamos sufrido la misma pesadilla. Sabíamos que, mientras bailábamos, nuestras ropas solo esperaban al momento, dos horas después, en que algo pavoroso llegase y les infundiese otra vida.

¿Qué hacer? Comprendimos que lo primero era alejarse de la música y la reunión, una reunión que debía de sentirse satisfecha de sí misma, sin duda, porque debíamos parecer enamorados cuando abandonamos el salón, temblorosos y cogidos de la mano.

Sabíamos que debíamos permanecer juntos; pero yo también sabía, como lo sabía ella, que, si pretendíamos romper el hechizo, debíamos atacar y cumplir con nuestro papel. Pero ¿cómo? ¿Qué podíamos hacer nosotros? En primer lugar, debíamos permanecer juntos; en segundo, debíamos seguir vistiendo nuestros trajes de noche.

Las horas que faltaban para las tres de la mañana se nos hicieron tan largas como todos los días de nuestra vida. La había llevado a mi casa, a nuestra casa, y habíamos pasado la mayor parte del tiempo reposando en silencio. Al principio hablamos de lo que aquello podía significar, pero escapaba a nuestra comprensión. Habíamos sido elegidos, o así lo parecía, como juguetes de algún demonio.

Casi nos habíamos quedado dormidos cuando el primer temblor me subió por el espinazo. Ella había apoyado la cabeza en mi hombro y se despertó al instante, para encontrarme poniéndome de pie con el cuerpo estremecido y con el tejido que me cubría los hombros y la espalda ahuecándose suavemente como una vela al viento. A pesar de mi terror, me volví hacia ella y la vi levantándose también del diván, levantándose como impulsada sin esfuerzo, y, aún más terrible, una especie de nube enturbiaba su bello rostro, como si sus facciones fueran menos reales que antes.

—¡Oh, Harry! —gritó—. Harry, ¿dónde estás? —y tendió la mano hacia mí, y cuán precioso fue el contacto de nuestros dedos, porque había parecido que ya no estaban allí, y nuestro rostro había huido también, y nuestros pies y nuestras manos, y sin embargo, percibíamos el suelo con nuestros pies y la presión de nuestras palmas frías.

Entonces se produjo el largo estremecimiento y el inicio de la malevolencia. Lo único que veía de mi esposa a esas alturas era su vestido azul celeste, pero una perversidad maligna, un desasosiego infame, pareció apoderarse de nuestras ropas y fuimos bruscamente separados, y a partir de ese momento ya no pude volver a tocarla ni recibir la bendición de sus dedos. Y entonces, en contra de nuestra voluntad, empezamos a movernos, y mientras avanzábamos juntos hacia las ventanas oí su voz de nuevo.

—¡Harry! ¡Harry! —dijo, y su voz se oía débil y lejana aunque estábamos uno junto al otro—. ¡Harry! ¡Harry, no me dejes sola!

No pude hacer nada, porque fuimos arrastrados hacia el exterior por la ventana y, sin que nuestros pies tocaran el césped, fuimos zarandeados en el aire como si nuestras ropas tuvieran un único objetivo: desembarazarse de nosotros. Quién sabe cuánto tiempo se prolongó este silencioso combate... Solo sabía que estaba impregnado de maldad.

Pero, con el paso del tiempo, la violencia fue a menos, y aunque la sensación de malevolencia seguía siendo tan intensa como antes, pareció que nuestras ropas se estaban cansando. Para cuando entraron en el bosque, descansaban en nuestro cuerpo y, aunque no oímos nada, era como si estuvieran tratando de recuperar el aliento o las fuerzas. Era como si tuvieran la voluntad de matarnos, pero carecieran de los medios para hacerlo. Alcanzamos el sendero moviéndonos con gran dificultad y poco después caímos desmayados junto al roble.

Casi había amanecido cuando recuperé la conciencia. Estaba empapado de un rocío helado.

Durante un momento no supe dónde estaba, pero entonces recordé los acontecimientos de la víspera y, volviendo la cabeza a uno y otro lado, descubrí que estaba solo. Mi esposa se había ido.

Presa de un tormento mental, volví a casa a trompicones, subí las escaleras y entré en mi habitación. Estaba oscuro, así que encendí una cerilla. No sabía hacia dónde estaba mirando cuando la encendí, pero no tardé mucho en salir de dudas, porque delante de mí estaba el largo espejo del ropero. Allí, frente a mí, había un hombre sin cabeza. La pechera, los puños y el cuello de la camisa centelleaban.

Me volví horrorizado, no solo por la visión, sino también por el pensamiento de que la aparición seguía suelta todavía y de que nuestra lucha contra los demonios había sido en vano. Encendí otra cerilla y me giré hacia la cama.

Había dos personas tendidas una junto a otra, y al mirar con atención vi que sonreían pacíficamente. Mi esposa ocupaba el lado de la ventana y yo ocupaba mi lugar habitual, a la sombra del ropero.

Estábamos muertos.

A LA MISMA HORA, EN EL MISMO LUGAR

Esa noche mi padre me parecía odioso. Olía a calabaza. Tenía los pantalones cubiertos de ceniza de cigarrillo. Su bigote descuidado lucía más amarillento y ridículo que nunca a causa de la nicotina, y ni siquiera me miró. Estaba allí sentado, en su feo sillón, con los ojos entrecerrados, meditando quién sabe qué. Lo detestaba. Detestaba su bigote. Detestaba incluso el humo que exhalaba por la boca y flotaba en el aire estancado sobre su cabeza.

Y cuando mi madre entró por la puerta y me preguntó si había visto sus gafas, la detesté también a ella. Detestaba la ropa que vestía, de mal gusto y recargada. La detesté con intensidad. Detesté algo en lo que nunca antes me había fijado: los tacones de sus zapatos, que estaban desgastados por los bordes. No era grave, pero sí perceptible. Me pareció mezquino, descuidado, horriblemente humano. La detesté por ser humana, igual que a mi padre.

Empezó a incordiarme sobre sus gafas y sobre lo desgastados que estaban los codos de mi chaqueta y de repente tiré el libro al suelo. Estar en la habitación me resultaba insoportable. Me sentí ahogado. De pronto me di cuenta de que tenía que marcharme. Había vivido con esas dos personas durante casi veintitrés años. Había nacido en la habitación que quedaba encima de esa. ¿Era eso vida para un hombre joven? ¿Pasar la noche mirando cómo el humo le salía por la boca a su padre y le manchaba el bigote viejo y decrépito, año tras año? ¿Mirando los tacones gastados de los zapatos de su madre, los muebles marrón oscuro y las perennes manchas de la alfombra de color chocolate? Me iría, me sacudiría de encima la oscura y petulante mortalidad del lugar. Renunciaría a mis derechos de nacimiento. ¿Y qué sería del negocio de mi padre, del que yo había de hacerme cargo cuando él muriera, eh, qué ocurriría? Al diablo con él.

Me dirigí hacia la puerta, pero al tercer paso tropecé con una arruga de la alfombra y, al intentar agarrarme a algo, lancé por los aires un jarrón rosado.

De pronto me sentí muy pequeño y muy furioso. Mi madre abrió la boca, que me recordó la puerta de la casa, y la puerta de la casa me recordó mi necesidad de escapar… ¿adónde? ¿Adónde?

No esperé a encontrar respuesta a mi pregunta y, casi sin saber lo que hacía, salí corriendo de la casa.

Atrás quedaba el aburrimiento acumulado de los veintitrés últimos años, y me pareció que salía por el portón del jardín impulsado por su presión en mi espalda.

La carretera, mojada por la lluvia, estaba negra y brillante como un hule. Los reflejos de las farolas nadaban en ella como medusas amarillas. Se acercaba un autobús, el autobús a Piccadilly, un autobús al país de nunca jamás, un autobús a la muerte o a la gloria.

No encontré ninguna de las dos. Encontré algo que todavía hoy me obsesiona.

El gran autobús se bamboleó al ganar velocidad. La calle negra centelleaba. Un centenar de rostros desfilaron velozmente al otro lado de la ventanilla como se pasan las hojas de un libro oscuro. Y allí estaba yo, sentado, con un billete de seis peniques en la mano. ¿Qué estaba haciendo? ¿Adónde estaba yendo?

Al centro del mundo, me dije. A Piccadilly Circus, donde puede suceder cualquier cosa. ¿Y qué deseaba yo que pasara?

¡Deseaba vivir! Deseaba aventura, pero ya estaba asustado. Deseaba conocer a una mujer hermosa. Doblé el codo y palpé el bulto que hacía mi bíceps. No había mucho que palpar.

—Demonios —murmuré para mí—. Demonios de los infiernos. Esto es un desastre.

Miré por la ventanilla y allí, delante de mí, estaba la plaza. Las luces eran como un desafío. Cuando el autobús tomó la curva de la calle Regent para enfilar la avenida Shaftesbury me bajé. A mi alrededor estaba la jungla, y yo estaba solo. Las bestias salvajes merodeaban a mi alrededor. Las manadas de lobos se desmandaban y volvían a reorganizarse. ¿Adónde ir? Hubiera sido maravilloso conocer la dirección de un apartamento tenuemente iluminado cuya puerta se abriera a la llamada secreta, tres golpes cortos y uno largo, donde esperaba una rubia cobriza o, mejor aún, una anciana dama con una taza de té, una anciana augusta y sagrada cuyos zapatos no tenían desgastados los tacones.

Pero no conocía ningún sitio al que ir en busca de glamur o simpatía. Ningún sitio excepto la Corner House.

Hacia allí me dirigí. Estaba menos abarrotada que de costumbre. Solo tuve que hacer cola unos minutos antes de que me permitieran la entrada al gran palacio de la comida del primer piso. ¡Oh, esos mármoles y esos dorados por todas partes! Los camareros yendo y viniendo, la orquesta al fondo... Qué diferente era aquello de hacía una hora, cuando miraba el bigote de mi padre.

Tardé un rato en encontrar sitio, pero cuando estaba recorriendo el tercero de los largos corredores entre las mesas, vi que un anciano abandonaba una mesa para dos. La dama sentada enfrente no se movió. Si ella se hubiera ido, yo no tendría ninguna historia que contar. Sin sospechar nada, ocupé el lugar que el anciano había dejado libre y, al ir a coger el menú, levanté la vista y me encontré contemplando los estanques de luz de luna de sus ojos.

Mi mano quedó en suspenso sobre el menú. No podía moverme, porque la cabeza que tenía enfrente era magnífica. Era grande y pálida e indescriptiblemente orgullosa, y lo que ahora llamaría una mirada ávida me pareció entonces una expresión de profunda seguridad, de belleza majestuosa.

Supe de inmediato que no era la rubia cobriza de mi capricho de inexperto lo que yo deseaba por el glamur ni el consuelo de la dama de la bandeja de té, sino aquella criatura gloriosa que tenía delante, que combinaba el misterio y el exotismo de la primera con la sabiduría delicada de la segunda.

¿Acaso no era aquello amor a primera vista? ¿Por qué otro motivo habría latido mi corazón como una fundición? ¿Por qué habría de temblarme la mano sobre el menú? ¿Por qué habría de secárseme la boca?

Imposible decir nada, aunque era obvio para mí que ella estaba al corriente de lo que estaba ocurriendo en mi pecho y en mi cerebro. La mirada amorosa que fluyó de sus ojos casi me trastornó el juicio. Tomando mi mano en la suya, la devolvió a mi lado de la mesa, donde yació como un pez muerto en una bandeja. Entonces me pasó el menú. Me daba igual el menú. Los entremeses y los postres se mezclaron en un baile de letras.

No recuerdo lo que le pedí al camarero ni lo que me sirvió. Sé que no pude comer nada. Estuvimos sentados allí durante una hora. Hablamos con la mirada, con el pulso y el ritmo de nuestra agitada respiración, y hacia el final de aquella nuestra primera cita, las yemas de nuestros dedos tocándose a la sombra de la tetera hablaron un idioma más rico, sutil y vibrante que las palabras.

Al fin se nos pidió que nos marcháramos y, mientras me levantaba, hablé por primera vez.

—¿Mañana? —susurré—. ¿A la misma hora? —Ella asintió lentamente con la magnífica cabeza—. ¿En el mismo lugar? ¿A la misma hora? —Ella asintió de nuevo.

Esperé a que se levantara, pero ella me despachó con un gesto amable, aunque autoritario.

Parecía extraño, pero sabía que debía irme. Al llegar a la puerta me volví y la vi sentada allí, inmóvil, muy erguida. Luego bajé a la calle y me dirigí a la avenida Shaftesbury, con la cabeza en un remolino de estrellas, las piernas débiles y temblorosas y el corazón en llamas.

No había decidido regresar a casa, pero, de todos modos, me descubrí de camino, de camino a la alfombra de color chocolate, a mi padre en el feo sillón, a mi madre con sus tacones desgastados.

Cuando metí la llave en la cerradura era casi medianoche. Mi madre había estado llorando. Mi padre estaba enfadado. Hubo palabras, amenazas y súplicas de todas las partes. Por fin me fui a la cama.

El día siguiente me pareció interminable, pero mi inquietud halló cierto alivio en la acción. Poco después de la hora del té, tomé el autobús que iba al oeste. Ya había oscurecido, pero era muy temprano cuando llegué a la plaza.

Vagué por las calles ansiosamente, me ajusté la corbata en los escaparates y me limé las uñas por enésima vez.

Sentado en Leicester Square por quinta vez, salí de mi ensoñación al mirar el reloj y ver que pasaban ya tres minutos de la hora acordada para nuestro encuentro amoroso.

Corrí todo el camino jadeando con ansiedad, pero cuando llegué a la mesa del primer piso, descubrí que mi temor era infundado. Ella estaba allí, más regia que nunca, un monumento a la feminidad. Su rostro grande y pálido se relajó en una expresión de tan profundo placer al verme que casi grité de alegría.

No hablaré de la ternura de esa noche. Fue mágica. Baste con decir que decidimos que nuestros destinos estaban inextricablemente unidos.

Cuando llegó el momento de marcharse, me sorprendió que se esperara de mí que siguiera el procedimiento de la noche anterior, ignoro por qué motivo. De nuevo la dejé sentada sola a la mesa junto a la columna de mármol. De nuevo me desvanecí en la noche solo, con esas palabras embriagadoras todavía en mis labios: «Mañana... mañana... a la misma hora..., en el mismo lugar...».

La certeza de mi amor por ella y del suyo por mí me embriagaba. Apenas dormí aquella noche y mi inquietud durante la jornada siguiente fue un tormento, tanto para mí como para mis padres.

Antes de salir aquella noche para nuestra tercera cita, entré a hurtadillas en el dormitorio de mi madre y, tras abrir su joyero, elegí un anillo entre sus baratijas. Dios sabe que no era digno de ocupar el dedo de mi amada, pero simbolizaría nuestro amor.

De nuevo ella me esperaba, aunque en esta ocasión llegué un cuarto de hora antes de la hora acordada. Era como si, cuando estábamos juntos, quedáramos ocultos por un velo de amor, como si estuviéramos solos. No oíamos nada más que el sonido de nuestras voces; no veíamos nada más que los ojos del otro.

Ella se puso el anillo en el dedo en cuanto se lo di. La mano que sujetaba la mía me oprimió los dedos con fuerza. Me sorprendió la fuerza del apretón. Me temblaba el cuerpo entero. Desplacé el pie bajo la mesa para tocar el suyo, pero no pude encontrarlo.

Cuando, una vez más, el momento temido llegó, la dejé sentada muy tiesa, y la firme y cálida sonrisa de su despedida perduró en mi pensamiento como un ocaso fantástico.

Durante ocho días nos vimos así y nos despedimos así y, con cada encuentro, crecía nuestra certeza de que, sin importar las dificultades que pudieran derivarse, sin importar qué fuerzas se nos opusieran, debíamos casarnos de inmediato, mientras la magia nos embargaba.

La octava noche todo quedó decidido. Ella sabía que por mi parte debía ser un matrimonio secreto. Mis padres nunca consentirían un compromiso tan precipitado. Ella lo entendía perfectamente. Por su parte, ella deseaba que algunos amigos suyos estuvieran presentes en la ceremonia.

—Tengo algunos colegas —había dicho.

No supe a qué se refería, pero sus instrucciones sobre dónde debíamos encontrarnos la tarde siguiente me hicieron olvidar el comentario.

Había una oficina de Registro en Cambridge Circus, me dijo, en el primer piso de cierto edificio. Yo debía estar allí a las cuatro en punto. Ella se encargaría de todo.

—Ah, amor mío —había murmurado, moviendo su gran cabeza de un lado a otro con lentitud—, ¿cómo me las voy a arreglar para esperar hasta mañana?

Y, con una sonrisa indeciblemente cautivadora, me indicó que me fuera, porque el gran salón marmóreo estaba casi vacío.

Por octava vez la dejé allí. Sabía que las mujeres tenían sus secretos y que no era bueno importunarlas sobre ellos y, por eso, una vez más, me callé la pregunta que tanto deseaba hacerle. ¿Por qué, por qué tenía que dejarla siempre allí, y por qué cuando yo llegaba a la cita ella siempre estaba allí para recibirme?

Al día siguiente, tras un registro minucioso, encontré un anillo de oro en una caja en el tocador de mi padre. Pasadas las tres, después de cepillarme los cabellos hasta dejarlos tan brillantes como la piel de una foca, partí con una flor en el ojal y una maleta con mis pertenencias. Hacía un día precioso, sin viento y con el cielo despejado.

El autobús voló como un animal fantástico, llevándome con él a una tierra mágica.

Pero por desgracia, a medida que nos acercábamos a Mayfair, el tráfico denso nos obligó a detenernos más de una vez durante un buen rato. Empecé a impacientarme. Para cuando el autobús alcanzó la avenida Shaftesbury, disponía apenas de tres minutos para llegar a la oficina.

Me pareció extraño que, brillando el sol con simpatía por mi matrimonio, fuera el tráfico el que decidiera frustrarme. Estaba en el piso superior del autobús y, como me habían hecho una descripción muy clara del edificio, pude reconocerlo de inmediato cuando por fin giramos y entramos en Cambridge Circus. Cuando pasábamos junto a mi destino, el tráfico se detuvo una vez más y se me presentó la oportunidad de bajarme justo delante del edificio.

Tenía la maleta bajo el asiento y, al agacharme para sacarla, eché una ojeada a las ventanas del primer piso, porque era en una de esas salas donde pronto me convertiría en esposo.

Estaba exactamente al nivel de la ventana en cuestión y se me ofrecía una vista inmejorable del interior de una de las salas del primer piso. No estaría a más de cuatro metros de mí.

Recuerdo que el conductor de nuestro autobús tocaba el claxon, pero el tráfico no avanzaba. El sonido del claxon me llegó como en sueños, porque me había perdido en otro mundo.

Yo aferraba el asa de la maleta. La imagen de la sala del primer piso entraba a borbotones por mis ojos y anegaba mi cerebro.

Supe de inmediato que aquella era la sala en la que se me esperaba. No sabría decir el motivo, porque durante aquellos primeros momentos no la vi a ella.

A la derecha del escenario (porque tuve la sensación de estar en un teatro) había una mesa cargada de flores. Detrás de las flores aguardaba sentado el diminuto funcionario del Registro con un traje de raya diplomática. Había otras cuatro personas, tres de las cuales se paseaban nerviosamente por la sala. La cuarta, una enorme mujer barbuda, ocupaba una silla junto a la ventana. Mientras yo miraba, uno de los hombres se inclinó para hablarle. Tenía el pescuezo más largo del mundo. El cuello almidonado de su camisa era tan largo como un bastón y la pequeña cabeza huesuda asomaba en el extremo como el cráneo de un pájaro. Los otros dos caballeros que no dejaban de deambular por la sala eran muy diferentes. Uno era calvo: el rostro y el cráneo estaban cubiertos por un elaborado tatuaje azul; los dientes, de oro, le brillaban como fuego en la boca. El otro era un joven bien vestido que a primera vista parecía normal, pero, cuando se acercó un momento a la ventana, vi que, en lugar de una mano, lo que asomaba de la manga izquierda era la pezuña hendida de una cabra.

Y, de pronto, todo sucedió. La puerta debía de haberse abierto porque todas las cabezas se volvieron en una dirección y un momento después algo blanco atravesó la sala trotando como un perro.

Pero no era un perro. Corría en vertical. Al principio pensé que se trataba de una muñeca mecánica, por lo cerca que estaba del suelo. No pude verle la cara, pero me sorprendió la larga cola de satén que arrastraba por la alfombra tras ella.

Se detuvo junto a la mesa cargada de flores y hubo un intenso intercambio de sonrisas e inclinaciones. El hombre con el cuello más largo del mundo colocó un taburete alto frente a la mesa y, con la ayuda del joven de la pata de cabra, subieron a la cosa blanca al taburete. Dispusieron el largo vestido de satén cuidadosamente alrededor del taburete de manera que lo cubriera y llegara al suelo. Parecía que una mujer alta y señorial estaba frente al altar civil.

Y aún no le había visto el rostro, pero sabía cómo era. Una sensación de vértigo me dominó y me dejé caer en el asiento con la cara entre las manos.

No recuerdo cuándo empezó a moverse el autobús. Sé que continuó avanzando hasta que por fin me dijeron que había llegado al final de la línea. No tuve más opción que tomar otro autobús y hacer el viaje de regreso. A esas alturas, una extraña sensación de alivio había empezado a quitarle hierro a mi decepción. Que aquel autobús me estuviera llevando a la puerta de la casa en la que había nacido me provocó una punzada de placer nostálgico. Pero mi miedo era aún más fuerte. Recé para que no hubiera razón para que el autobús tuviera que detenerse en Cambridge Circus.

Había ocupado un asiento en el piso inferior porque no tenía ningún deseo de estar a la misma altura de alguien a quien había abandonado. Yo no sentía que le hubiera hecho nada malo a ella, pero, de todos modos, la habían abandonado.

Cuando el autobús se acercó a la plaza, miré por la ventanilla hacia la oscuridad. Justo delante de la oficina de Registro había una farola. La oficina estaba a oscuras y, al pasar el autobús junto a la farola, volví la vista hacia el grupo de personas allí congregado. El corazón se me heló en el pecho. Allí de pie, como osificados en una masa maligna, esperando como si tuvieran intención de no moverse hasta que se hiciera justicia, estaban los cinco. Solo pude verlos durante un segundo, pero cada cabeza iluminada por la luz de la farola me acompañará para siempre: el hombre del cuello largo con su cráneo de pájaro, los ojos brillantes como esquirlas de cristal; a su derecha el hombre calvo, la cabeza tatuada echada hacia delante, la luz de la farola recreándose en las marcas azules. A la izquierda del hombre del cuello largo estaba el joven, el cuerpo elegante relajado, pero con una expresión feroz en la cara que todavía me provoca sudores cuando la recuerdo. Tenía las manos en los bolsillos, pero pude ver la forma de la pezuña a través de la tela. Algo adelantada a estos tres estaba la mujer barbuda, una mole de maldad, y en la sombra que proyectaba vi en la última fracción de un segundo, mientras el autobús me llevaba, una enorme cabeza blanca muy cerca del suelo.

En la oscuridad parecía suspendida sobre el bordillo, como un pálido globo con una boca roja pintada encima, una boca que, adoptando una única curva diabólica, era más la boca de un animal salvaje que la de una mujer.

Mucho después de haber dejado atrás al grupo seguía viéndolos a todos bajo la farola, como una imagen fijada para siempre, como algo hecho de cera, como algo monstruoso. Llenaban el autobús. Llenaban mi cerebro. Todavía lo siguen llenando.

Cuando al fin llegué a casa, me tiré llorando en la cama. Mis padres desconocían el motivo, pero no me preguntaron. Nunca me preguntaron.

Recuerdo que esa noche de hace seis años, después de cenar, me senté allí, en mi silla sobre la alfombra de color chocolate. Recuerdo el amor con el que miré la ceniza en el chaleco de mi padre, su bigote manchado, los tacones desgastados de los zapatos de mi madre. Lo miré todo y lo amé. Lo necesitaba todo.

Desde entonces, nunca he abandonado la casa. Sé lo que me conviene.

AGRADECIMIENTOS

Siguiendo la sugerencia de que publicáramos una nueva colección de cuentos de mi difunto padre, me puse en contacto con algunos amigos, familiares y coleccionistas de su trabajo para pedirles ayuda. Peter Winnington, estudioso de la obra de Mervyn Peake, señaló que el texto de la primera edición de la novela corta «El chico en la oscuridad», publicado en 1956, era el que menos errores contenía en comparación con los detectados en ediciones posteriores, hecho que de otro modo probablemente hubiera pasado inadvertido, mientras que mi hermano Fabian y mi hermana Clare ofrecieron su inestimable y meditado parecer sobre la selección de dibujos que se incluirían. El coleccionista y galerista Chris Beetles tuvo la amabilidad de permitirnos reproducir varios dibujos de su propiedad, y Alison Eldred, que nos sugirió otras imágenes, fue de gran ayuda a la hora de reproducirlas. La sensible introducción de Joanne Harris captura con elocuencia el espíritu del escritor con sus perspicaces observaciones sobre los cuentos. Finalmente, estoy en deuda con Peter Owen Publishers por aceptar la idea de combinar los cuentos con dibujos y otras ilustraciones no publicadas con anterioridad y, de este modo, ofrecer dos aspectos del trabajo de mi padre en un volumen y, sobre todo, con Antonia Owen, Nick Pearson y Benedict Richards por su duro trabajo en la producción del libro.

Ático de los Libros le agradece la atención
dedicada a *El chico en la oscuridad,* de Mervyn Peake.
Esperamos que haya disfrutado de la lectura
y le invitamos a visitarnos
en www.aticodeloslibros.com,
donde encontrará más información
sobre nuestras publicaciones.

Si lo desea, puede también seguirnos
a través de Facebook, Twitter o Instagram y suscribirse a
nuestro boletín utilizando su teléfono móvil
para leer los siguientes códigos QR: